THE DEW BREAKER

EDWIDGE DANTICAT

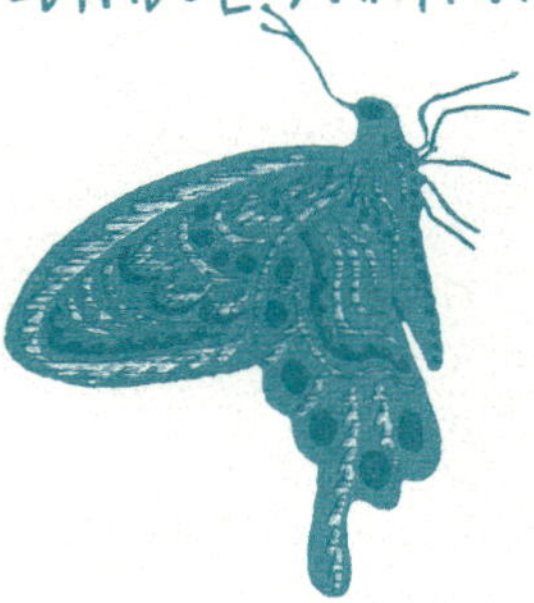

デュー・ブレーカー

エドウィージ・ダンティカ

山本 伸 訳

五月書房新社

まえがきに代えて

各ストーリーが互いにつながり合っている『デュー・ブレーカー』は、独裁時代のハイチに暗躍していた拷問人と死刑執行人を描いた短篇集です。一九五〇年代から八〇年代にかけて、早朝の草の葉に静かに落ちる露を意味する、通称「デュー・ブレーカー」と呼ばれた兵士や準軍組織の男や女が、深夜や早朝に突然家へ押しかけては人びとを悪名高い収容所や拷問所に連れて行き、身体と心を辱めては痛めつけるということを繰り返していました。ハイチに育ったわたしは、そんな連中も、またそんな連中の犠牲になった人びとも、数多く知っていました。すぐ近所の住民だったり、知り合いだったりすらしたのです。

この本を書いた理由、それはデュー・ブレーカーの立場と彼らの犠牲者の立場、その両方から真理を探求してみようと思ったから。つまるところ、デュー・ブレーカーたちに人びとを死に追いやる権利があると思い込ませたものはいったい何だったのでしょうか。母はよく言ったものです、もし奴らが人びとをこの世に送り込んできた張本人でなかったとしたら、どうしてこの世から消し去ることができると信じたのかしら、と。

若い頃は、母の言う「この世に人びとを送り込んだ――」の部分に少し違和感を覚えていました。うちの両親は例外？　まさか両親には私たち子どもを殺す権利があるとでも思っているの？　命をもたらした人間がその命を消し去る人間にもなれるというそんな特異な状況がどこかにあるとでも言うの？　そして極めつけが、もしも裁判官や死刑執行人が自分の両親だったとしたら？　これは命が象徴する希望や未来という概念とは真反対のものです。月並みな言い方ですが、子どもは未来そのもの。その子どもたちに死の宣告が突き付けられたとしたら、そこに未来はないのです。

E・D

たぶん　これは狂気の始まり・・・
今から私が言うことに　どうか気を悪くしないで
とにかく　読んで　・・・　静かに　しずかに

――オシップ・マンデルスタム

目次

死者の書

The Book of the Dead

父がいなくなった。私はアルミの椅子に腰をおろした。目の前には二人の男たち、ひとりは滞在中のホテルの支配人、もうひとりは警官。二人とも父の身にいったい何が起こったのかを聞こうと待っていたのだ。

事務所のドアにかかったネームプレートからフラビオ・サリナスと読めるその支配人は、少しスペイン語なまりのある、今までに見たこともないほど鮮やかな薄黄緑色の目をした人物だった。

警官のボー巡査は、童顔で背が低く、太鼓腹をしたフロリダの白人だ。

「ミス・ビエネム、あんたとおやじさん、どこの出身だい?」苗字の発音を間違わないように必死のボー巡査が聞いてきた。あまりに乱暴な聞き方だったので、そこには私たち三人しかいなかったのに、最初は誰かほかの人に話しかけているのではないかと思ったほどだ。

ブルックリンのイースト・フラットブッシュで生まれ育ったので、両親の生まれ故郷に行ったことはなかった。でも、「ハイチ」と答えた。常日頃から親との共通点を持ちたいと思っていたから。

ボー巡査はにじり寄るようにして言った。「ハイチからわざわざこのレイクランドまで?」

「いいえ、ニューヨークに住んでます。フロリダのタンパに行くところなんです」そう私は答えた。

「で、何しに?　観光?」ボー巡査は続けた。

「彫刻を届けに。わたしは芸術家、そう、彫刻家なんです」

正確には芸術家ではなかった。なりたいような芸術家にはまだなっていなかったから。今の私はただ父という唯一のモチーフで木像を彫ることにとりつかれた木彫り職人というのが正しいところだ。

クリエーターである私の目には、支配人の部屋はあまりにも派手でけばけばしかった。オレンジとグリーンの壁紙、図柄の真ん中にはホテルの建物に似たビクトリア朝のばかでかいコテージの模様が、金色の葉っぱの縁取りのなかに居すわっていた。

人を惑わすような眼をしたサリナス支配人は、それをさらに際立たせるライトグリーンのネクタイをぽんと叩きながら言った。「ボー巡査もわたしも、できるだけのことはやりますから」

まずは父の背格好を簡単に説明するところから始まった。「歳は六十五、身長一七二センチ、体重八一キロ、富士額で薄目の胡麻塩頭、目はビロードと茶色の混ざった色で……」

「ビロード?」ボー巡査がさえぎった。

「あ、濃い茶色のことです、肌の色と同じの」私は説明した。

十年前に父は収容所時代の悪夢にうなされて、母と一緒に寝ていたベッドから顔から落ちたことがある。以来、前歯は入れ歯だ。そのことも話したが、入れ歯についてだけで悪夢のことは言わなかった。それ以外に、右頰から口にかけてある丸いロープのような傷跡についても触れた。それはハイチの収容所の一年を思い出させる唯一目に見える証拠でもあった。

「これから聞くことにどうか気を悪くしないでほしい」 そう言ってボー巡査は続けた。「ここで私はもう何人もの老人の事件を扱ってきた。 行方不明者の場合にはよくあることなんだが、あんたのおやじさんは頭がおかしいとか痴呆気味だとか、 そんな様子はなかったのかい？」

私は答えた。「いいえ、全然」

「おやじさんの写真はあるかい？」 とボー巡査。

父は写真が嫌いだった。 家でのスナップが数枚と、 卒業式のときに母と私の間で顔の傷跡を隠すように手を添えたものが何枚かあるだけだ。今回の旅行でも撮ろうとしたが、無駄だった。あるサービスエリアで使い捨てカメラを買って父に向けたとき、まるで子どもが顔をたたかれまいとするように、 いつものように両手で顔を隠した。 もう生涯写真は撮られたくないと父は言った。 あまりに醜い顔だからだと。

「それは困ったな」 私の長い説明が終わるとボー巡査はポツリと言った。「おやじさん、 英語はしゃべれるんだね？ 道をたずねたりだとかも？」

「ええ」と私。

「何かおとうさんがあなたから離れたいと思うような理由はないのですか？ とくにこのレイクランドで？」 今度はサリナス支配人が聞いてきた。「けんかでもしたとか？」

これまで私は父の過去のことは一切口にしようとはしなかったが、 そもそもこの旅のきっかけは父の彫像の一作目が完成したからだった。 高さ九〇センチのマホガニー材で、 一五センチ角の台座に裸でひざまずいた父の姿。背中は三日月のようにカーブし、下向きの目は長い指と大きな掌をじっと見つめている。とくだん斬新というわけでもなく、荒削りで大まか、せいぜいミニマリスト止まりの彫刻だが、父を彫った作品のなかではいちばんのお気に入りだ。それはまさに収容所時代の父のイメージだった。

最後に父を見たのは？　そう、その前の晩、ベッドに入る前のことだった。モーテルの隅の駐車場に車を停めたのはもう真夜中近く。あたりのレストランは全部閉まっていた。あとはシャワーを浴びて寝るしかないありさまだった。

「まるで天国だな」　小さな部屋に入った父は声を上げた。支配人の部屋と同じオレンジとグリーンの壁紙だったが、豪華なエメラルド色のカーペットが妙にマッチしていた。「ほら見てみろ、カー。このカーペット、まるでふさふさの芝生を踏んでるみたいだ」　疲れた低いガラガラ声で父は言った。

トイレにいちばん近いベッドを陣取った父は、灰色のジョギング用のトレーナーを脱いでから洗面用具を取り出した。間もなく、シャワールームからはいつもの父の大きな歌声が聞こえてきた。

私はエアキャップとボール紙につつまれた彫刻を上から触って、どこか欠けたりしていないか確かめた。自然にひび割れの入ったマホガニー材を使うのが常だったが、表面の大きなひびは彫刻の後ろに回してある。ひびこそが美しいと思っていたので、あえてこすったり磨いたりはしなかった。父の頬にある傷跡のように、木が自らに刻んだ傷の跡のように思えたのだ。しかし同時に、心配の種でもあった。それがあることで素人だとか、うっかりとした間違いだとか思われないだろうか？　ちょっとした衝撃や月日がたつにつれて、彫刻が割れはしまいか？注文した人は満足してくれるだろうか？

私は目を閉じて、彫刻を送り届けようとしている注文主の顔を思い描いた。ガブリエル・フォンテヌー、私と同年代のハイチ人でテレビの人気番組のスター、熱心な美術品コレクターだ。以前中学で代用教員をやっていたときの友人セリーヌ・ベノワのタンパ時代の幼馴染だったことから、セリーヌの家に遊びに来たときに父の彫刻の写真を見せるよう頼んで、買うように薦めてもらったのだった。

ガブリエル・フォンテヌーは一週間ほどハリウッドを離れて、タンパの両親の家に滞在していた。私も仕事を休むことにして、母と二人で示し合わせ、家でもノストランド通りの床屋の職場でも、いつもテレビばかり観ている父もきっとガブリエル・フォンテヌーには会いたいにちがいないと連れ出したのだ。しかし、私が目を覚ましたとき、父の姿も彫刻も消えてなくなっていた。

すぐに部屋を飛び出して、ベランダから駐車場のほうを探した。蒸し暑い朝で、駐車場からは刈りたての芝生とスプリンクラーの水をかぶったハイビスカスの混ざった臭いが湿気を帯びて漂ってきた。レンタカーもなくなっている。そうか、私たちのためにおいしい朝食でも探しまわっているにちがいない、彫刻を一緒に持ち出した理由も帰ってきてから話そうと思っているはずだ。そう祈りながら、服を着替えて父の帰りを待った。朝のニュースを半時間観て、部屋は禁煙だったけれどもメンソールの煙草を五本吸い、待ちつづけた。

かれこれ二時間は待っただろうか。今さらフロントまで降りて行って、「父を見ませんでしたか？」と聞くのが億劫になるほど時間は経っていた。

ボー巡査の指が私の手首を軽くたたく。たぶん話はもうそれくらいにしてという意味だろう。ガソリンスタンドで朝食でも食べたのか、卵焼きとガソリンの匂いがする。

「このことは仲間の巡査たちにも伝えておくから」彼は話を続ける。「サリナスは事務所で待機。おやじさんが現れるといけないから、あんたも部屋にもどっておいたほうがいい」

部屋に戻って、そのままになった父のベッドのうえに寝転ぶ。シーツからはラベンダーとライムの混ざったような香水のかおり。きつすぎるといくら言っても、父はお構いなしだ。

ドアの鍵がカチャと回り、私は飛び起きた。メイドだった。若いキューバ人女性で、まずまず礼儀正しい。英語ができないのを補うためだろう、身ぶり手ぶりが激しい。大げさにほほ笑んだり、うなずいたり、部屋を出るときにはお辞儀までする始末。その仕草に私はふと母のことを思い出した。経営するパーマ屋にくるハイチ人以外のお客にどれだけ気を使っていたことか。意味もわからないジョークに大笑いし、馬鹿にしたまなざしにすら思いっきりのほほ笑みを投げ返す。けっしてうまく終わらせられない会話に加わらなくても済むように。

もうすっかり昼になりかけた頃、私は受話器を取って母のパーマ屋に電話した。従業員のひとりが答える、母はまだ毎日のミサから帰っていないと。もし予約客がいたら、母は教会から二〇ブロックも歩いて店までもどってくる。いなかったら、飛び込みの客は店員たちに任せて昼を食べに帰る。この日課は母が仕事を辞める少し前まで続いた。そうすることが店を始めたときからの夢だったからだ。ミサに出られる、散歩ができる、あわよくばときどき仕事を休める、といった余裕ある暮らし。それが望みだった。

今度は家に電話をした。家にもいないようなので、留守番電話にホテルの電話番号とメッセージを残す。

「かあさん、すぐに電話して。とうさんのことでちょっと」

午後になってすぐに母から電話。心配そうに声が震えている。私はというと、狭い部屋にすわって自販機で買ったポテトチップスとチョコバーをかじりながら、何か進展がないものかとひたすら煙草を吸いつづけた。ボー巡査かサリナス支配人、もしくは父本人が何か恐ろしい知らせを運んできたら、母とガブリエル・フォンテヌーに電話しなければならないと内心ビクビクしながら。私は代わるがわる想像してみた。だからこの旅行はやめたほうがいいって言ったじゃないの、という母のヒステリックな叫び声。ガブリエル・フォンテヌーの、今回は来なくてよかったのに、彫刻を買うなんて冗談だったのよ、もっとも物が無ければ買うこともできないわね、という冷たい言葉。

「とうさんはいったいどこにいるの？」思った通り、母は息せき切って聞いてきた。何も悪いことは起きていないから落ち着くように、大丈夫、ちょっと姿が見えなくなっているだけだから、と私。

「どうしていないんだい？」

「起きたらいなくなってたんだって」

「どれくらい前から？」

メキシコタイルを歩くパタパタというスリッパの音から、母が台所を行ったり来たりしているのがわかる。水道の蛇口をひねる音がしたので、きっとコップに水を注いでいるのだろう。水を飲む音を聞きながら答える。「もう何時間もたつわ。私も信じられなくて」

「警察には届けたのかい？」

母は台所のテーブルに腰かけ、目を閉じておでこを指で何度もこすっているにちがいない。舌を鳴らす音に続いて、ミサで歌うゴスペルの一曲を口ずさんでいる。クリスマスにしかミサに参加しない父が、ときにはシャワーでひとり口ずさむことすらあるこの曲。ずいぶんして、母が言った。「で、警察は何て言ってるんだい?」

「待ってれば、帰ってくるって」

電話の向こうでポンポンと受話器をたたく大きな音、一瞬耳が痛い。「そのうち帰ってくるよ」ボー巡査やサリナス支配人よりも自信ありげな声だった。「そんな風に出て行くような人じゃないから、とうさんは」

また一時間ほどしたら電話すると約束したが、母はきっとそれよりも早くかけてくるにちがいない。先にガブリエル・フォンテヌーの携帯に電話する。受話器の向こうから聞こえるのは、テレビと同じ、でも連ドラには付きものの笑い声のない、絹のようで少し思わせぶりで魅惑的な声だ。以前テレビで、都会の産科病棟で働く切れ者の看護師役をやっている姿を見て父が言ったことがあった。「感慨深いもんだな。ハイチ出身の女優がアメリカで自分の番組を持てるなんて。おれたちハイチ人も大したもんじゃないか」

「遠いところをわざわざ彫刻を届けに来てくれて、ほんとにご親切に」ガブリエル・フォンテヌーはお礼を言った。まるで、セミが鳴くなかに滝が流れていて、蚊よけの除虫ろうそくの匂いの漂う、ヤシの木の生い茂る場所で電話を受けているかのようだ。私も似たような場所にはいるが、楽しむ気持ちにはなれない。

「どうしてわたくしがこの彫刻を気に入ったか、お聞きになった?」ガブリエル・フォンテヌーが聞いた。「堂々としている反面頼りないから。父を思い出すの」

世間一般の父親像がどんなものか、私にはわからない。でも、ガブリエル・フォンテンヌーが私の彫刻を見て父親を思い出してくれるのはうれしいことだ。しょせん私も、そこらにいる人間よりも有名人のほうが圧倒的な存在感があるとつい自然に思ってしまう人間のひとりだから。ガブリエル・フォンテヌーの電話番号を知っているなんて、まだ信じられない。セリーヌ・ベノワに絶対に人には教えないと約束させられた電話番号。父にさえ教えていないこの番号。

「で、いったいいつ頃こっちに着くの？　道順はわかっていらっしゃるわよね？　明日一緒にランチをしましょう、十二時くらいに」その声を聞きながら、ガブリエル・フォンテヌーの父から自分の父へと意識をもどす私。

「ええ、わかりました」

でも、約束を守れる自信はない。


父は美術館が好きだ。床屋の仕事がないときは、よくブルックリン美術館に通っていた。とくに気に入っているのは古代エジプトの部屋。

「エジプト人って、おれたちにそっくりだったんだぞ」うれしそうに父はよく言ったものだ。いろんな神様を拝んでいたということ、身内で争ったがゆえに頻繁に外国人に支配されてきたこと。歴代のエジプト王は父自身が逃げ出したハイチの独裁者たちと何も変わらなかったということ、そして女王はガブリエル・フォンテヌーと同じ絶世の美女だったということ。しかし、父がとくに感心しているのは古代エジプト人の死者の弔い方だ。

「エジプト人は悲しみ方を知っていたんだ」何週間もかかるミイラ作りの工程に驚嘆しながら、父はよく言ったものだ。おかげで遺体は何千年も残るんだ、と。

大人になってからずっと私は父をどう彫るべきか悩んできた。物静かで近寄りがたかったので、思い出せるのは、小さい頃毎週土曜日の朝に私を連れて金色の仮面やミイラ型の小像シャプティ、石版、エジプト神話の豊穣と受胎の女神イシス、紀元前十四世紀頃のエジプトの女王ネフェルティティ、古代エジプトの冥界の王オシリス、そしてジャッカルの頭をもつ黄泉の国の支配者の間に立つ姿、それだけだからだ。

日が暮れかかり、母がもう十回以上も電話をかけてきてからのこと。やっと父が部屋のドアから姿を現した。ずっと若返って見え、まるで一日中砂浜で日光浴でもしてきたかのように穏やかで、疲れも取れてすっきりした様子だった。

「煙草がやけにけむいな」と父。

私は間に合わせで灰皿にした紙コップを指差す。タールで濁った水と吸殻でいっぱいだ。

「カー、ちょっと話がある」両手で煙を払いのけながら父はベッドまで行き、すわってスニーカーのひもをほどきはじめた。「ちょっとした話《ヨンティコーゼ》だ」

「今までいったいどこにいたの？」 てんかんの母の遺伝で眉毛が痙攣するのを感じながら、私は詰め寄った。「どうしてひと言メモでも残していかなかったの？ それとパパ、彫刻はいったいどこ？」

「話というのは、じつはそのことなんだ。おれは反対だ」 そう言うと、父は砂の入ったスニーカーを脱いで、まめのできた大きな足の裏を左と右の順にはらいはじめた。

押し黙ったまま足をもみつづける父。あたかも、ずっとそうしたかったかのように。

「あの彫刻は売らないほうがいい」 ようやく口を開く父。それから背を向け、受話器を取って母に電話をした。

「カーが電話したんだってな」 父はクレオール語で話しかける。「パニックになったんだよ。ただ考え事をしながら散歩してただけなのに」

二度と娘のそばを離れないように叱る母の大きな声が聞こえる。受話器を置くと、父はふたたびスニーカーを履いた。

「それで、彫刻はどこなの？」 いよいよ痙攣がひどくなり、ほとんど目を開けられないまま私はたずねる。

「行こう。彫刻のところまで連れていくよ」と父。

私たちは駐車場に入り、暗がりのなかでまるで丸く降り注ぐ雨のようにスプリンクラーが芝生に水をまくなかを通り抜けて行った。街灯が点き、夜が進むにつれて明るさを増している。ホテルに到着したばかりの客。ぺちゃくちゃしゃべりながら夕食に出ようと車に向かう人びと。父が車を駐車場から出そうとしている間、ひょっとすると病気、そう精神的な病気かもしれない、と私は思いはじめた。もっともその兆候を見たことはなかった、収容所の悪夢を除いては。


私が八歳のとき、父は生まれて初めてはしかにかかったが、客への電話でこう話していた。

「深刻かもしれん。医者が言うには、おれくらいの年齢だと命にかかわるって」

このときが最初だった、父もいずれは死ぬのだと意識したのは。それから私はありとあらゆる辞書や辞典で「死ぬ」という言葉を調べて、父が私の人生から消えてなくなることの意味を探ろうとした。


ハイウェイわきの、いかにも南国の近代都市らしい人口湖のそばで車は止まった。湖のまわりには澱んだ水を取り囲むように石の彫刻のなされたベンチが並んでいる。半月の月明かりだけがうっすらとあたりを照らし出している。きれいに刈り込まれた芝生を踏みつけながら、父はベンチのひとつに進む。私は隣にすわって、足の間で腕をぶらぶらさせた。

昔に戻ったみたいだ。父にはよく植物園や動物園、それに美術館にエジプトの石像を見せに連れて行ってもらった。今もまた、父と一緒。こうやって連れ出してくれていたことに感謝しなければと何となくは思っていたものの、普通の父親のようになろうと必死に努力していたことや、できる限りの時間を私と一緒に過ごそうとしてくれていたことがわかるまでは何年もの時間がかかった。

湖面に目をやる。濁って真っ黒だったが、巨大なピンク色の魚が、まるで私たちと入れ替わりたいとでも言うように、跳ねながら泳ぎまわっているのが見えた。

「ここに彫刻があるの？」私は口を開く。

「ああ、水のなかだ」と父。

「オーケー」と穏やかに私。でも内心はズタズタだ。もう彫刻はないのだから。きっとひびには水が入り込み、彫刻はばらばらになって底に沈んでいることだろう。今口をついて出るのはうわすべりの言葉しかなく、父に理解できるかどうかもあやしい。

「まったくとうさんってひとは。本当に厳しい批評家ね」

ほほ笑むのを必死に抑え込む父。顎と頬の傷跡をさすりながら黙ったままだ。薄暗がりのなかで頬の傷跡はいつも以上に深いものに見えるが、散りぢりになったくぼみみたいで怖くはない。

怒りというのは無駄な感情だと常々思ってきた。父も母も、ニューヨークの行政の不公平さには不満をぶちまけるが、私の成績が美術以外オールCだったことや、野菜を食べようとしなかったり毎日飲めと言われていたスプーン一杯のタラの肝油を吐き出したりしたことについては、ひと言も小言を言わなかった。日常の怒りは役に立たないものだ。ずっとそう思ってきた。しかし、今の私は猛烈に腹を立てている。父をぶん殴って、頭からその狂った考えを叩き出してやりたいほど腹を立てているのだ。

「カー、どうしてお前にその名前を付けたか、わかるか」父がたずねた。

もちろん知ってるわよ、とうさん。何度も聞かされてきたんだから。でも今はそんなこと言っている場合じゃないでしょ。そのことは父も承知のはず。きっと少しでも私の怒りを鎮めようとしているのだろう。生涯、私に憎まれないように。

「かあさんは大反対だった」と父。「カーカー、カーカーってみんなにいじめられるってな」

それももう何度も聞いたってば。

「オーケー。もうわかったから」そう言い、手を振って父の話をさえぎった。

でも、父はやめない。「どうしてカーという名にしたかというと、古代エジプトでは…」

カーとは分身を意味し、生きている間も死んだ後も常に自分と一緒にいるのだと、父の代わりに言ってやりたいくらいだ。死んだあと、その肉体を死者の王国へといざなってくれる役割を果たすのだ、とも。生徒がふざけて私のことをカーカー先生と呼んだときにいつも言って聞かせる話だ。

「いいかい、カーとは魂みたいなものなんだ」父の話は続く。「ハイチでは、小さな愛《ティ ボン》しの天使《アンジ》って呼ぶ。おまえが生まれたときの顔を見た途端、とうさんは思った。あ、これがおれのカー、小さな愛しの天使《ティボンアンジ》だってな」

少し和らいでくる私の気持ち。父が私をかわいい天使と呼ぶのを聞くと、どうしても冷たく突き放せなくなる。「ここからはハイチのクレオール語で話していいか」と父。「英語だとどうしても舌がもつれてしまう、とくに昔の話は」

「いいわよ」私はわざと英語で答える。

「カー」父はクレオール語でつづける。「はじめておまえの彫像を見たとき、そいつと一緒におれも埋めてほしいと思った。一緒にあの世に持っていきたいと思ったよ」

「古代エジプト人みたいに」と英語で私。

うれしそうにほほ笑んでいる父。少なくとも私にはそう見えた。いろいろあっても、父の感情はわかる。

「カー、ひどい発音だったが、昔『死者の書』という英語の本を読んでやったことがあっただろ？　あのとき、おまえにも何章か読ませたことを覚えているかい？」

私には思い出せない。でも、『死者の書』がつまらなくて仕方なかったことだけは覚えている。死んだ心臓が秤のうえに載っかり、魂があてもなく地獄の火の川をさまよう様子をよく夢に見てはうなされたものだ。子どもが寝る前にどんな話を聞きたいか、何を読みたいか、どんな話を読んでほしいかも聞かないなんて、なんて身勝手な父親だろう。でも、はしかの死の恐怖から父が生還してからは、少々のことにはつい目をつむって甘やかしてしまったかもしれない。死ななくて本当によかったという一心から、ただ父を喜ばせてあげようと面白くない場所にもついて行ったし、興味のない本でも読んでもらった。でも、いつまた死の恐怖に襲われるかもしれないという不安はつきまとう。今回の旅もその延長線上だ。

父が彫像と呼ぶ私の彫刻は、死ぬ前の父の最後の身代わりなのかもしれない。「死んじゃうの?」思わず父に聞いた。父のしたことの意味を説明するうえで、それはひとつの答えだったから。「どこか悪いの? 死んでしまうの?」

もしそうだったら、どうしよう? 世界一の名医を見つけて、すぐに家に連れて帰って母に会わせよう。そして、ちゃんとした仕事を見つけて、彼氏をつくって結婚し、彫刻を湖に捨てたことでもう二度と父を責めたりはしない。

私と同じで、父もまた大事な話を黙って聞いている時間が長く、しゃべるべきでないときにずっとしゃべり続ける傾向がある。だから、いったいどこからそんな話になったのか分からないまま、コオロギやセミの熱心な話をよく聞かされたものだ。ハイウェイ、走り抜けてゆく車、半月、今ごろ私の彫刻がその底に沈んでいる深い湖の水面、その影が湖面を跳ねる大きな魚の姿に混じり合うヤシの木の並木の遊歩道、そして私と父。

「心臓を秤のうえに載せて死者を裁く話、覚えてるだろ?」と父。「重いとあの世へは行けないという話」

私にとってしつけのためのバイブルだったし、カーカーの話や愛しき天使の話もそうだったにちがいない。でも私は黙ったまま、ひと言もしゃべらなかった。

「とうさんには彫像になるような価値はない」父はポツリと言った。そのときの父は、まるで足元の塵を悲しそうに見下ろす聖母マリアか、古代エジプトの葬儀の司祭のようだった。両手を膝のうえに載せて膝まずいている。

「カー、おまえをブルックリン博物館に連れて行ったときは何時間もずっと見て歩いたな。でも、おまえはいつも目がないとか、鼻がなくなってるとか、やれ足が足りないだの頭がないだの、そんなことばかり言ってた。あるものじゃなくて、ないものばかりに気を取られて」

もちろん、そういう見方をしていたからこそ私は彫刻を始めたのだし、古代彫刻よりすごいと父を唸らせる彫刻が彫れるようにもなったのだ。

「カー、とうさんもあの彫像のひとつみたいなもんだ」

「古代エジプト人?」私は馬鹿にするように大声で笑った。仕返しするための唯一の武器だったからだ。

「おい、やめてくれ」不機嫌なイライラした声で叫ぶ父。「どうしてそんな笑い方をするんだ?　気が狂ったみたいな。なんで、いつも怒ったときにはそんなピエロみたいな笑い方をする?」

腕をつかまれるまで、そんなに大げさに手を振り回して笑っているとは気づいていなかった。

すぐに手をひっこめたが、右の手首はつかまれたままだ。そういえば、ボー巡査に黙るように言われてつかまれたのもこの右手だった。骨が折れて砕け散るほど強くつかまれたので、痛くてもうそれ以上笑えなかった。

手首はまだ痛かった。痛みを和らげようとさすりつづける私。父にしては珍しく怒りが唐突に出現したからというよりはむしろ、この痛みのせいで涙が出そうになった。

「ごめんよ。痛くするつもりはなかったんだ。だれであろうと傷つけるのはよくない」と父は言った。

もっと反省させるために、私は手首をさするのをやめなかった。痛く腕をつかんだことだけじゃない。彫刻を湖に捨てたことだって。

「カー、とうさんには彫刻になる価値はないんだよ」父は繰り返した。さっきよりももっとゆっくりした口調で。「全身像なんてとんでもない。いいか、カー。おまえの父はハンターだったんだ。獲物じゃない」

手首をさする私の手が止まる。もっと激しい痛みが襲ってくるのではないかと感じながら。ふたたび押し黙る父。父をせっつくことも、きっかけを作るつもりも、はたまた話してほしいと頼むつもりもなかった。ただ、沈黙に耐えられなくなって、私は重い口を開いた。「いったい何の話？」

言ってすぐに、私は後悔した。父は説明してくれるだろうか。なぜ父と母に親しい友人がいないのか、なぜ誰も家に遊びに来ないのか、なぜ親戚の話がひとつも出ないのか、なぜハイチに一度も帰らないのか、なぜクレオール語が話せるようになってからもテレビや新聞や本で知る以外のハイチのことを教えてくれないのか。父は答えてくれるだろうか。どうして母があれほどまでに信心深いのか。どうして毎日ミサに通うのか。私が知る両親の姿以外のものを知る必要が本当にあるのかどうか、正直自分でもよくわからない。でも父には、話さねばならない、そうしないといけないと努力してきたことがあることだけははっきりしていた。

「ハイチにこんな諺がある」と話しはじめる父。「ある日はハンター、別の日は獲物。カー、おまえの父はハンターであって獲物じゃない」

いま父の口をついて出てくる言葉のひとつひとつが、あのエジプトの秤のうえに載った心臓のように重々しい。

「カー、とうさんは収容所に入れられたことは一度もない」

「もう、わかったって」とまるで十四歳に戻ったように軽薄な口調の私。よく母に意味のないコーラスと注意された若者風の口調だ。

「収容所で働いていたんだ」父は話をやめようとしない。私は観念した。話が終わるまでは黙っていよう。

話の途中で立ち往生した父も、もう続けるしかない。父は言った。「囚人のひとりがとうさんの頬にこの傷を負わせたんだ」。

そう言って、父は右頬の長く深い傷跡を指さす。両手で傷跡を隠す様子には慣れていた私も、さすがにこの目新しい動作には何かドラマチックなものを感じた。そう、ちょうどベールを脱ぐようなドラマチックさを。

「とうさんの頬を切った男を」父の話はまだ続く。「とうさんは撃ち殺したんだ。他の多くの人たちをそうしたように」

そんなことを父が独り言のように一気に話したのに私は驚いた。もうちょっと間があれば、どう答えていいか、リハーサルでもできたのに。

じゃ、かあさんはいったい何だったの、と考える時間的余裕も精神的余裕も、いまの私にはなかった。

母はハンターなのか、獲物なのか？　三十年以上も父の言うことを無理やり信じ込まされているのか？　母のほうがむしろ多くの隠し事があるかもしれない。口にするのも忌まわしいほどの苦痛を飲み込んできた人びとのひとりとして。それでも母は私たちに食事を作り、服を着させ、いつも髪をといてくれる最高の母であろうと努めてくれている。もっとも勉強だけは父任せだったけれど。

小さかった頃、よく母に連れられて日曜日のミサに行った。私は父のためにもっと必死に祈るべきだったのだろうか？　ハンターであって、獲物ではなかった、父のために。

『死者の書』に書かれた、心臓の重さを計る前に行われる「懺悔」の儀式のことを思い出していた。死者が生前良いことだけしかしなかったと断言する絶好の機会だ。父はことさらこの章をよく読んでくれた。いま父は、私が読んでもらった以上のことをたずねるべきだったと言っているのだ。そのときに悪いことは取り除いておくべきだった、と。

「わたしは凶暴な人間ではない」と一節を口ずさむ父。「誰も泣かしたことはない。理由《わけ》もなく腹を立てたこともない。男も女も誰も殺したりしていない。悪いことなど何ひとつしていない」

そのことが本当かどうかの確信を得たくて、私は父につめ寄る。「じゃ、とうさんがいつも見るあの悪夢は何なのよ?」

「それはとうさんが、おまえの父親が、他人にしたことの夢だ」

このとき母のもうひとつの顔が頭をよぎる。若い女性、それも私と同じくらいの年齢《とし》で、腕のなかで父を抱きしめている女性。いったいいつなのだろう、母が父を愛そうと決めたのは? そして父が軽蔑すべき人間だということを知ったのは?

「かあさんは知ってるの?」と私。

「ああ、おまえが生まれたあとに話した」

ホテルへの帰りは短いので、車は私が運転した。渋滞でスピードがあがらず、時間がかかりそうだ。普通に走っているときでさえ、苛立ってクラクションを鳴らすことが多い。父は黙ったまま。いつもなら、落ち着けとか、慎重にとか、ゆっくり行きなさいとか、必ず言うのに。ホテルの駐車場に車を停めて、ハッとする。そういえば、ボー巡査やサリナス支配人に父が帰ってきたことをまだ知らせていない。部屋にもどって電話しよう。車を降りるときに父が言った。「カー、どんなことがあってもとうさんはおまえのとうさんだし、かあさんの夫だからな。いまはもうあんなことは絶対にしないから」

父のこの宣言は、これまでの告白同様私には意味深かった。それは父が昔過ちを犯したこと、当時はハンターか獲物かはっきりしない選択をも迫られることがあったということをほのめかすものだったからだ。

部屋にもどると、ボー巡査とサリナス支配人のふたりからのメッセージがあった。彼らの勤務時間は終わっていたので、父が無事帰ったという伝言を残す。

電話をしている間、父は浴室に入って大きな音でシャワーを浴びていた。鼻歌はなかった。すぐには出てきそうもないのを見計らって、ブルックリンの母に電話する。

「かあさん、とうさんのこと愛してる?」私は受話器に向かってささやく。

母は舌を鳴らして受話器を指で叩いている。その口調の穏やかさから、母は寝ていたのだとわかる。

「とうさんは何か言ったかい?」と母。

「うん」

「全部？」

「あれ以外にまだあるの？」

「ずっと胸につかえていたことを、とうさんはおまえに話したんだよ。愛しい天使のおまえにね」と母は締めくくった。

言動にしろ、行動にしろ、はたまた互いのプライバシーにしろ、母と父が互いにわかり合っていることにはいつも驚かされる。これ以上はないというほどよく似ているのだ。でも、どうしてそこまで似ているのだろう？　他の親みたいにふたつの異なる社会性を持ちつつも、プライバシーと組織、そして過去を共有している。たとえ私が両親の祖国に生まれていたとしてもわからない、完全にはわかりえない過去。私はふたりの一部だった。ふたりのものだったと言ってもいい。でも、彼ら自身ではなかったのだ。

「カー、よくわからないけど」父に聞こえないように母はそっと囁く。「おまえとかあさん、とうさんを救ったのはあたしたちなんだよ。とうさんが人を傷つけるのをやめたのもかあさんに会ってからのことだから。かあさんはそう思ってる。とうさんは岩のうえに落ちた種みたいなもの。それを根づかせたのはおまえとかあさん、あたしたちなのさ」

母の話を聞いているうち、ふと彫刻を彫っているときに味わう感覚に襲われた。両手はもはや自分のものではなく、自分の脳や筋肉を超えた、自分よりも大きくて強い何かに操り人形のように指を動かされる感覚。いまの私も同じ、操られるようにまだ話の途中なのに受話器を置いて電話を切る私。

受話器を置いてすぐ自分に言い聞かせた。母とこの話をつづけようと思ったらいくらでもできる、何分でも何日でも、いや何年だって。ただ、まだ心の準備ができていない。

薄くなった頭を濡らしたままパジャマを着て、父がシャワールームから出てきた。母はかけ直してこない。娘の混乱する気持ち、父親の過去を知らなければもっといい人生だったかもしれないという想いを分かち合わないのは、母親として裏切り行為だということをわかっているにちがいない。

翌朝目を覚ますと、父はもう着替えていた。ベッドの端にすわり、うつむいて両手で顔を覆っている。指の隙間からは黒い額。この姿をいま彫刻にしたら、祈っているカマキリだろう。まるで祈っているようで、その実襲いかかろうと身動きせずに近づくカマキリ。

背を向けたまま、父は言う。「あの女優に電話して、あれはもうない、彫像はもうなくなったと言ってくれないか?」

「お昼ご飯に招待されているのよ」と私。「行って直接言うべきだわ」

父は肩をすぼめて言った。

「任せるよ」

朝食を終えて、ガブリエル・フォンテヌーの家へと出発した。前の日の朝ほどではないが、そろそろ暑くなってきた。話したくても話せないほどうるさくエアコンをかける私。

ニューヨークからレイクランドまで来るのにかかった二十四時間より、もっと長い時間のように感じた。偽物の湖にもフェンス越しの運河にもじき飽きた。シトラスの木の茂みもヤシの木陰も、この立派なハイウェイさえももうたくさん。父はというと、私に背を向けてもう二度と見られないといったふうに熱帯の景色に見入っている。苔の生えたオークの木とその下に生えたパイナップルみたいな形のアナナスの類やラッパ型の花やつる植物、タマリンドやジャカランダの木に見とれているにちがいない。というのも、それに感心する父の姿を旅の前半ですでに目にしていたからだ。

ガブリエル・フォンテヌーの家に近づいたとき、父が沈黙を破った。「なぁ、カー。とうさんもかあさんもハイチへ帰ったことがないのはどうしてだと思う?」

行き止まりの奥のフォンテヌーの家は煉瓦と白いサンゴ礁でできていて、家の前の道には真ん中にバニヤンの木があった。父と私は車を降りてコンクリートの歩道を歩いて玄関へ向かった。ドアをノックしようとした矢先、老婆がひとり玄関に姿を現した。ガブリエル・フォンテヌーの母親だろう。よく似ている。大きな目から栗色の肌、カールした巻き毛まで、テレビで見るガブリエルにそっくりだ。

「お待ちしていたのよ」と満面の笑み。

ガブリエルの父親が玄関に出てきて、ガブリエルの背の高さが誰似なのかがはっきりした。一八〇センチ以上の長身だ。

最初は父、次に私と両手で握手をする。手は比較的小さく、父の半分くらい。

父と私は応接間をゆっくりと通り過ぎた。教会のような天井と、市場の情景から、洗礼、結婚そして通夜までを描いたハイチの絵のかかった壁。なかでもとくに目を引くのは、庭の天蓋付きのベンチにすわるガブリエル・フォンテヌーの等身大の写真だった。

アザレアやハイビスカス、ドラセナ、それにレモングラスの苗木に飾られた裏のテラスでは、昼食のテーブルが用意されていた。

フォンテヌー氏が父にハイチのどの地域の出身かたずねる。もちろん父は嘘をつく。昔は父が毎回違う出身地を答えるのを聞いて、実際に転々としたからだと私は思っていた。さすがにいまは、身元がばれないためだとわかっている。三十七年もの年月と、生え際に白いものが混じった薄い頭のおかげで、すぐにばれることはないはずなのに。

肩出しの真っ赤なドレス姿でガブリエル・フォンテヌーが現れた。立ち上がる父と私。

「ガブリエルよ」ささやくようなその甘い声とともに、そっと手が差し出される。歩み寄ってその手に口づけする父の口から、思わず言葉がこぼれ出る。「あぁ、あなたはハイチでもっとも美しい花のひとつです」

ガブリエル・フォンテヌーは少し驚いた様子で、恥ずかしそうに会釈してからこちらを向いて言った。

「ようこそ」


コンク貝にプランタンのフライ、マッシュルーム入りライスをご馳走になりながら、フォンテヌー氏は父を何とか会話の輪に引きずり込もうと、ハイチにいた頃の話をクレオール語で話しかける。

「もう三十七年も前のことです」口いっぱいに料理をほおばりながら、父は答える。

「お帰りになったりはしないのですか？」とフォンテヌー夫人が口をはさむ。

「機会がなくて」と父。

「わたしたちは毎年帰りますわ。美しい海が見下ろせるジャクメルの山の手に」夫人は話しつづける。

「ジャクメルに行ったことは？」ガブリエル・フォンテヌーがわたしにたずねる。

首を横に振る私。

「わたしたちは運がいいわ。ここよりも雨がもっと甘くて、埃がもっと軽やかで、砂浜ももっときれいな場所がちゃんとあるんですものね」とフォンテヌー夫人。

「いまでも雨の味見をしたり、埃の重さを計ったりするのかい？」フォンテヌー氏は冗談を言って、大きな声で笑った。

「庭先で取れたヤシの実のジュースほど甘くて美味しいものはないわ」夫人はそう言うとフォークをおろして、カッと目を見開いてわたしたちをまじまじと眺めた。何かに取りつかれたように声は大きく甲高い調子になり、娘のガブリエルですらつい引き込まれてほほ笑んでいる。

「故郷の浜辺の砂のなかに手を入れたときの感触ったらないわ」夫人の話はなおも続く。「本当に気持ちいいのよ、本当に」

ふと父の悪夢が頭をよぎる。父も同じように故郷の砂浜に手を入れて、でも引き出した手にはべっとりと血のりが付いている、そんな夢を見ているのかもしれない。

昼食が終わって、父は庭をゆっくり見せてほしいと言いだした。父が庭を回っている間に、思い切って彫刻のことをガブリエル・フォンテヌーに打ち明けた。眉間にしわを寄せ、落ち着かない様子で頻繁に体勢を入れ替えるガブリエル。貴重な時間を私の不注意から無駄にされたといまにも怒りだしそうな様子だ。自分に会いたいがためのただの口実だったのではないかと勘ぐっているかもしれないし、すぐに出ていってほしいと思っているかもしれない。

「ふだんはこんなふうに人を家を入れることはないのよ。誓ってもいいわ」とガブリエル。

「ええ、わかっています」と私。「あなたの信頼を裏切るつもりは毛頭ありませんでした」

「いま持ってないということは、本当にないってことなのね」ガブリエルは続ける。「それにしてもがっかりだわ。あの彫刻、父にプレゼントしたかったのに」

「申し訳ありません」と私。

「そういえば、いらしたときから彫刻はなかったものね」そう言って、他に何か気を紛らわすものがないか探すようにガブリエルは部屋を見渡す。「ふつう芸術作品を売りつけに来る人たちは作品を持ってきて真っ先に見せるものでしょ。でもあなたはセリーヌのお友達だから大目に見てたのよ」

「彫刻はたしかにあったんです」この言い訳がどんなに愚かに聞こえるかわかっていながら私は話を続けた。「でも父が気に入らなくて、捨ててしまって」

それを聞いたガブリエルは、わたしたち親子が狂ってでもいるんじゃないかというように眉を吊り上げた。いや、もしかすると、いよいよわたしたちに出て行ってもらいたいというサインかもしれない。

「じゃ、話はこれでおしまいね」私の顔をまっすぐに見るガブリエル。「これからちょっと電話しなきゃならないところがあるの。では、ごきげんよう」

ドアの奥へと姿を消すガブリエル・フォンテヌー。庭を見下ろすと、ガブリエルの両親が父を案内してレモングラスの間を歩いているのが見えた。私はガブリエル・フォンテヌーを呼び戻してもう一体作るからと言いたかったが、それは無理。ふつうの作品ですらそんな短時間でできるかどうか。何より題材を失ったのだから。愛すると同時に憐みの対象でもある、囚われの身の父という題材を。

庭ではフォンテヌー氏がレモングラスの小枝をいくつか摘み取って、夫人が手にしたナイロン袋に入れていた。夫人はその袋を父に手渡した。

頭を下げて礼を言いながら受け取る父の姿を見て、私は『死者の書』のなかの「殺し屋を追い返す」の章を思い出した。怪物を想像して怖がる私を安心させようと、父がときどき読んでくれた話だ。でも、それは「口は雄弁と沈黙の門番。おれは昨日という道を旅する子ども、おれの目は昨日という日から作られた」などといった恐ろしい文章ばかりだった。

庭の父に手を振って、もう帰る時間だと合図する。父は後ろにフォンテヌー夫婦を従えてゆっくりともどってきた。

歩いている間も父はひっきりなしに頬の傷跡を触っている。妙な連鎖で、つい頬の同じところをこすってしまう私。

おそらく父が最後に手にかけた人物は将来こうなる瞬間を夢見ていたのだろう。通りすがりの人びとが顔の深い傷跡を代わるがわる覗き込んでは恐怖に目をそらすたびに、手で頬を隠して傷跡などないかのように振る舞ったり、その原因について嘘を並べ立てたりしなければならない父の姿を。

車に乗り込む前、フォンテヌー家の前の舗道のうえで、父と私は玄関に立つガブリエル・フォンテヌーの両親にお別れの手を振る。わたしたちがやって来た理由を知ってか知らないでか、ふたりはわたしたちをまるで娘の古くからの友人のように親切にもてなしてくれた。いや、きっとそう勘違いしていたにちがいない。

夫妻が背を向けドアの向こうに消えるのを見届けてから、私はまだほほ笑みながら手を振りつづける父のほうを見た。笑うと傷跡はへこんで頬に埋まってほとんど見えない。いつも笑っていてほしい、子ども心にどんなにそう願ったことか。


ふたりの姿が見えなくなると、父は腰をおろしてフォンテヌー夫人にもらったレモングラス入りのビニール袋を大事そうに膝にのせた。効き過ぎの芳香剤のように、車のなかにはすぐにレモングラスの匂いが立ち込める。

「何に使うつもり?」と私。

「お茶をつくるのさ。かあさんといっしょに飲むための」

私は一目散に車を走らせる、途中のガソリンスタンドもホテルもすっ飛ばしながら。あぁ、かあさんがいまここにいてくれたら。教会のミサで聞いてきたばかりの奇跡の話でも聞かせてくれるはず。あぁ、彫刻がトランクに入ったままだったらよかったのに。こんなに早くガブリエル・フォンテヌーになんか会わなければよかった。もっと先の将来、いつかどこかで会えることを夢見ていたほうがよかった。とうさんにも過去のことをさらけ出せるきっかけを作ってあげられればよかった。仮に誰かがそうしてあげたとしても、その告白を喜んで聞く人はひとりもいないことを父自身よくわかっているにちがいないけれども。

父の唯一の試練はハイチを離れねばならなかったことだと常々思ってきた。気候も言葉もまったく違う、絶対に馴染むはずも一員になれるはずもない異国の地にやってきたことだ、と。でも、今、制限時速をずっと下回るスピードでハイウェイを乗り継ぎながら、父にとってその不慣れな環境が苦痛ではなくむしろ快適であった理由がやっとわかった気がする。そして、父が過去の自分を全面的に否定しようとするその理由も、いずれにせよ必ずどこかに永遠に記録されるのだ、ということも。父は古代エジプト人から学んだのだ、永遠に刻み込むということの重みがいかほどのものであるかを。エジプト人が残した礼拝堂や記念碑を見て、自分の過去は母と私以外には誰にも知られたくないと強く念じたにちがいない。いまのわたしたちは父の分身《カー》であり、小さな愛しの天使《ティ ボン アンジ》であり、そして顔を隠すための仮面なのだから。

セブン

Seven

男が最後に妻と会ってから来月でちょうど七年になる。七という数字――なぜか男はその数字を忌み嫌うが、それが使い勝手のいい数字であることもわかっている。給料の支払小切手は七日毎だし、昼の休憩を除けば昼間七時間、夜間働くのも七時間だ。年齢の下ひと桁は七の三十七歳。そしていま、妻が到着するまであと七時間。いや、もっとかかるだろう。荷物が出てくるのを待ってから入国手続きの長い列に並び、税関を通ってやっと出られたかと思ったら、JFKのロビーにごった返す何百という出迎えの人のなかから夫を見つけなければならないのだから。しかもそれは、ポルトープランスからの便にはしょっちゅうありがちな、遅れたりキャンセルされたりしなければの話だ。

男は二階建てアパートの地下室にミシェルとダニーという二人の男とシェアして住んでいた。男は妻との再会に備えて部屋を掃除し、妻が嫌うにちがいないサクランボ色のレーヨンのTシャツを数枚捨ててから、石屑だらけの階段をあがって一階の大家の女性に妻が来ることを告げに行った。

大家はがっしりした体格で、大きなおでこにしわのあるさほど美しくはない、というよりはお世辞にも美しいとは言えない顔立ちの女性だった。

「あたしゃ別にかまわないよ、奥さんが来ることは」言葉のひとつひとつを強調するかのように、話すときには目をつむる癖があった。「ただきれい好きでさえあってくれれば」

「妻はきれい好きです」と男。

「じゃ、これで問題なしだね」

見たところ、アパートで唯一部屋らしい場所といえるのは台所だけだった。松の木の香りのするシミひとつない部屋に置かれたガラス張りの食器棚には、きれいに皿が並べてあった。

「一緒に住んでる人たちにはもう言ったのかい？」大家はそう言うと電子レンジに凍ったデザートを突っ込んだ。

「ええ」と男。

男は大家が部屋の追加料金を要求してくるのを身構えて待っていた。女主とその亭主は二人ではなく、たとえば独身者のように一部屋に一人という条件で部屋を貸していたからだ。

「女ひとりで男三人と一緒に暮らすってのはねえ」レンジから小さなパイを取り出しながら大家は続けた。「きっと奥さん、居心地悪いと思うよ」

妻がどう感じるか、あんたには関係ないことだと男は言いたかった。でも、男は悪く言われたときの準備もしていた。実際、妻が来るから別のアパートを探しはじめたこともさんざん話していた。見つかり次第出ていく、と。

「オーケー、わかったよ」そう言うと、大家は食器の引き出しを開けた。「いいかい、必ず月始めに全額払っておくれよ」

「どうもありがとうございます、奥様」

階段を降りながら、なんで奥様なんて言ったんだと男は自分に腹が立った。どうしてクビになったばかりの召使みたいな口のきき方をしたのだろう？　ハイチにいた頃の階級意識がまだ抜け切らないというのか。いや、仮りに敬意を払ったのだとしても、それは大家が金持ちだからでも、五年経ったいまでも月にわずか二五〇ドルしか払わずに済んでいるからでもなかった。ただひとつ、妻の今後のことを思ってのことだった。

大家との話が終わると、男は地下の仲間たちにも話をつけておこうと考えた。妻が到着する前日、男は二人に会いに台所に行った。薄っぺらなパンツ一枚で、疲れ果てた目でよろよろしている男たちの姿を見て、急に心配になった。

「いいか、おまえら。彼女は女性《レディー》なんだぞ」二人に向かって男は言った。妻が男たちの骨ばった身体に魅了されるとは思わなかったが、もし彼女が昔のように神経質なままであったならば、ほとんど裸同然の姿を嫌がるかもしれない。

男たちはわかってくれた。

「もしもオレのかかあだったら、オレもおんなじように思うだろうよ」ミシェルが言った。

ダニーも素直にうなずく。

そういえばバスローブがあったと、しばらくしてミシェルが言いだした。彼女が来たら皆それを着よう、と。

しかし、バスローブなど持っていないことは周知の沙汰だったので、結局はミシェルが買いそろえることになった。

ミシェルは三人のうちで最も年が若いにもかかわらず、部屋を飾るためにバラの花や新しい壁紙（女優のヌードのポスターではなく）、それに上階の住人たちが好んで漂わせている松の香りよりもずっといいバニラの芳香剤を買うように勧めるような、そんな男だった。

ダニーはその日の夕食は一緒に食べられないと残念そうに言った。今はセネガル・ナイトクラブという名前に変わっているランデ・ブーというバーに昔はよくみんなで踊りに行ったものだったが、店がある事件で有名になってからはぱったりと足が途絶えた。アブナー・ルイマというハイチ系移民の男が逮捕され、警察署でさんざん殴られた揚句に、口と肛門に棒を突っ込まれるという暴行を受けたのだ。

男はダニーに、ランデ・ブーによく行っていたことは妻には内緒にしておいてくれと頼んだ。自分の夫は、夜はメドガー・エバース・カレッジの掃除夫、昼はキングズカウンティー病院の掃除夫として、働きずくめだと信じて疑わない妻のために。ましてや、たまの早朝に女と一緒に朝帰りをしているなんてばれたら大変だ。女たちにはハイチに残した夫や恋人や婚約者がいたが、そんなことは気にしなかった。

ランデ・ブーの近くのバプティスト教会で牧師の助手をしていたにもかかわらず、店には一度も踊りに行ったことのないミシェルが横で話を聞いていて大笑いした。「ははは、雄鶏ももはや爪を隠すか。残りは全部イエス様に話しておいた方がいいぞ」

「残りを聞いたってイエス様もどうすればいいかお手上げのはずさ」とダニーが笑う。

夕方よくやっていたドミノも、五年前に電話を引いてからずっと書きためてきた電話番号も全部捨てた。（もうこれで女を呼ぶ必要もない。）キングストン便とサントドミンゴ便、ポルトープランス便がほぼ同時刻に到着するロビーでごった返す出迎えの群衆のなかに立ってやっと、男は妻がうれしそうな顔をしないかもしれないとか、何かに感づくかもしれないとかあれこれ心配するのをやめた。むしろ、刺激にも似た喜びのようなものが込みあげてきて、額に入れて壁に飾っている妻の最近の写真に似た女性を片っ端から抱きあげたい衝動に駆られた。

スーツケースが丹念に調べられていた。どうして調べられるの？　夫へのみやげ物の粗末なバッグには、アメリカではもっといい物がたくさん手に入るからと言って親戚が持ち帰った残りが小分けできないまま入っていた。下着と寝巻、それに服二着。普段着の緑のワンピースと、親戚に取って行かれないようにラッピングした赤いジャンパー。以前ニューヨークに旅行したことのある近所の人が、何でもラッピングしたほうが空港で開けられずに済むとアドバイスしてくれた。なのに、いま、目の前では入国管理局の係官が大事に包んだ紙をビリビリと破りながらいい加減なクレオール語でまくしたてている。

「キ・サ・リ・エ？」包みを目の前に取り出してたずねる係官。

「これは何？」彼女はもはや覚えていなかった。大きさと形から推測するほかなかった。

結局、包みは全部開けられてしまった。マンゴーにサトウキビ、アボカドにグレープフルーツの皮、ピーナッツにカシューナッツ、ココナッツケーキにコーヒー豆。すべてが果物と野菜の絵のうえに赤でバツ印がしてある大きな容器のなかに放り込まれた。唯一廃棄を免れたかに見えたのは、夫が耳掃除に喜んで使う切りそろえられた鳥の羽根だけ。夫がハイチを離れてすぐの頃、同じようにその羽根を耳に突っ込んでくるくる回してみたことがあった。得《え》も言われぬ喜びのオルガスムス《ジュウイッサン》を感じた。そのとき思った。なるほど、外国のテレビ番組でセックスは耳と耳の間でするものと言っていたのはこのことだったのだ、と。

係官の目が羽根の包みに止まった。食い入るように顔を覗き込んでくる係官。とくに耳ばかり見られているような気がした。以前にもこの手の羽根を見たことがあるにちがいない。結局、羽根は他の没収物と一緒に箱のなかに捨てられた。

チェックが終わる頃には、中身はもうほとんど残っていなかった。すっかり軽くなったスーツケースを片手に早足で歩く。ばかでかいダッフルバッグを三つも載せて傾いたカートを押す男性が前を行く。気がつくと自動ドアの前に立っていた。ドアはまるでガラスの海が左右に割れるようにすっと開いた。その瞬間、目もくらむような光のなかで出迎えの人びとが花束やプラカード、動物のぬいぐるみを手に、愛する人が出てくるのを今かいまかと待ちかねていた。立ち止まった目の前でドアは閉まった。二、三歩踏み出し、ふたたび開いたドアの向こうに夫の姿があった。夫は駆け寄り、抱えるように両腕で妻を抱きしめた。抱きしめられているあいだ、妻の足は床から離れてふわりと宙に浮いた。下におろされてやっと実感した。私はついに来たんだ、ハイチではない別の土地、別の国に。

ベッドのわきの壁一面に貼られた自分の写真を見て、妻はきっと喜ぶにちがいないと思っていた。アパートに向かう途中、二度も車をぶつけかけた。どうしてそんなに急いで運転するのか、自分でもよくわからなかった。ふたりは友人や家族の近況、健康などについて矢継ぎ早に話した。彼女の口からはとくに誰かについての詳しい話は出てこなかった。誰々が亡くなったとか、誰々はまだ生きているとか、でも誰がどっちだったかは覚えられなかった。妻は最後に会ったときに比べて、アメリカで丸々と太っていることを意味するチャビーな体型になっていた。ちゃんとした美容院に行ってきたことはまちがいない。短い髪の毛がジェルできれいにセットされ、ポニーテールのウィッグを着けていたから。ラベンダーのライムの混ざったいい香りがした。家と呼べるかどうかは別にして、とにかくいまは早く妻をアパートに連れ帰って、あの部屋で互いに息ができないほど距離を縮めたかった。

車を運転しながら、男はかつて一泊で出かけたイフェ・ホテルへの新婚旅行を思い出していた。車を運転してくれていた叔父にもっと飛ばしてくれるように急《せ》かしたのを覚えている。次の朝にはもうニューヨークへ旅立たねばならなかったからだ。あの夜、それから七年も妻と会えなくなるなんて想像もしなかった。計画は周到のはずだった。観光ビザで超過滞在をすることになるのだから、しばらくは妻を呼べないことはわかっていた。けれども、一所懸命働いて、いい弁護士を見つけて、グリーンカードさえ取れれば、妻を呼び寄せられるとも思っていた。そのグリーンカードを手に入れるまで六年と十一ヵ月もかかってしまった。でも、おかげで妻はいまこうして目の前にいる。壁一面の自分の写真を、鼻がくっつくほど間近で眺める妻。まるで誰か知らない人の写真でも見ているかのようだ。

「あの写真、覚えてるかい?」男は確かめるように聞いた。そう言って、縦三〇センチ、横二〇センチの大きなフレーム写真を指差した。そこには写真館の小さなクリスマスツリーを横に真っ赤なマットに横たわる妻の姿があった。「去年のクリスマスに君が送ってくれたやつだよ」

覚えてる、と彼女。写真の顔はとても絶望的で、まるで夫に自分のことを絶対に忘れさせるものかと言わんばかりの表情だ。

「一瞬だって君のことを忘れたことはないよ」男は言った。

まだ三十だった、と彼女は思い出す。

「何を飲みたい?」男はパナマ人の食料品店で買ったジュースの種類を言う。妻の大好きな組み合わせがパパイヤとマンゴーか、グアバとパイナップルか、チェリモヤとパッションフルーツであることはよく知っていた。

「水を少し、冷たいのを」と妻。

台所へ行く合間のひと時ですら、男は妻を独りにしたくはなかった。壁越しに同居している男たちの誰かに頼んで水を汲んできてもらおうかとも考えた。もっとも、ふたりのプライバシーに気を遣ってくれるようにという頼みを忠実に守っていなかったらの話であるが。

コップに水を入れてもどってきたとき、妻は泥でも入っていないかと探るようにじっと見てから一気に飲み干した。まるで男が妻を後に残して飛び去ったあの朝からずっと何も飲んでいなかったかように。

「もっと飲む？」男は聞いた。

いらないと首を横に振る妻。

「愛してる」というクレオール語のランマン《renmen》に「好き」という意味もあるのが男には口惜しくてならなかった。どの程度好きなのか、愛しているのかを毎度付け加えなければならなかったからだ。離れていた七年を全部秒数に変えたとしても、それ以上に愛していると男はつぶやいた。飛び越えた大西洋の広さよりももっとずっと。つまらない言葉をこれ以上並べないために、男は妻をベッドに押し倒した。もはや初夜の初々しさはなかった。首にあざができるほど強い力で引っ張られるネクタイ。妻が糊付けされアイロンのかかった男のシャツのボタンをはずしているあいだ、男は彼女の服を急いで脱がして横へ投げ捨てた。昼間想像していたときには妻の口をそっと手でふさごうと思っていたが、いまはもうそんなことはどうでもよかった。声が聞こえたって構うものか。

すべてが終わって妻がシーツを持ち上げ、身にまとってバスルームに行くと言ったとき、男はすっかり疲れ果てていた。

でも男は言った。「一緒に行くよ」

「だいじょうぶ、わかるから」と妻。

妻が立ち去り、姿が見えなくなるのが耐えられなかったのだ。

台所から声がする。どうやら妻が男たちと話しているらしい。シーツ一枚のあらわな姿であることを思い出し、あわててベッドから起き起きる。部屋を出ようとしたとき、ちょうど妻と鉢合わせた。

台所に男の人が二人いて、同じピンク色のサテンのバスローブを着てドミノをしていたと妻は言った。


翌日、男はほかの男たちと一緒に朝早くに仕事に出かけていったが、誰も中に入れないようにと妻に鍵を渡すことだけは忘れなかった。ストーブのつけ方や、FM／AMラジオでクレオール語の放送が聞ける局のチャンネルの合わせ方も教えた。妻は自分のためにあわててバスローブを用意して着てくれた男たちと、大笑いしながら夜遅くまでおしゃべりを楽しんでいた。二人は何度も何度も愛し合った。そのたびに声を潜めるよう男たちに気を遣いながら。離れてから愛し合ったのは年に一回、つまり男によれば七回、妻の話だともっと少なかった。恥ずかしがることなど何もない、と男は妻に念を押した。神と牧師の前で結婚したのだから。妻にとってこれが心の支えだった。ハイチを去る前の晩に男が式を挙げようとしたのはそのためだった。単なる口約束ではない法的な証がほしかったのだ。そうすれば、たとえ距離と時間の犠牲になったとしても、二人の絆は簡単にはなくならないはずだと思ったから。離れるにあたっての書類を書き、手紙を送り、電話で何度も話をしたのはそのためだった。だからもう片時も離れたくないと男は妻に言った。男は一日休ませてほしいと雇い主にかけ合ったが、断られた。でも少なくとも週末の土曜と日曜だけは二人の自由だ。踊りや市内見物、買い物やアパート探しに行くことができる。アパートを買うっていうのはどうだろう？　そうすれば、女物のバスローブを身にまとった男たちに気兼ねすることなく、好きなだけ愛し合うこともできるじゃないか？

昼、部屋の電話が鳴った。男からだった。何をしているのかという内容だった。妻は寝そべったまま、何か食べるものをこしらえていたと話した。何を作ったの、と男。冷蔵庫に卵があったのを思い出しながら卵料理と答えた。退屈じゃないかと男は尋ねる。いいえ、これからラジオでも聴きながらハイチに手紙を書こうと思っているから。

電話を切ると彼女はラジオをつけた。男の言った通りにダイヤルを回すとクレオール語が聞こえてきたのでうれしくなった。トップバイスというグループのコンパの曲が流れていた。それからトークショーのチャンネルに切り替えると、何人かのリスナーが電話でハイチ系アメリカ人のパトリック・ドリスモンド殺害についての意見を述べていた。聞けば、ドリスモンドはマンハッタンという場所で警官に射殺されたのだという。夫にすぐに電話したかったが、番号を置いてくれてはいなかった。妻はベッドで頭からシーツをかぶって、後になるほど怒りを増していくリスナーたちの声を聴いていた。

男が帰宅してみると、妻は冷蔵庫のなかのものを使って台所で四人分の食事をこしらえて待っていた。あと数時間で別の夜の仕事に出かけなければならなかったが、彼女は仲間の男たちが帰ってくるまで食べずに待とうと言って聞かなかった。

男は妻の料理を心から褒めた。これを食べればきっともう何年も経験していない家族での食事を思い出させてくれるはずだ、と。皆、うれしそうにゆっくりと時間をかけてこれまでにないほどよく噛んで食べた。いつもは帰りに買った中華かジャマイカ料理のテイクアウトを部屋で立って食べるのが普通だった。でも今夜は、料理の褒め言葉以外に無駄口をきくこともない。食事が終わると男たちは食器洗いを買って出た。男は思った、あいつらは洗う前にもう一回皿を舐めたいんじゃないか。

男と妻は部屋に入り、ベッドに横になった。なぜ二つの仕事をしているのか、男は話した。一緒にいられない寂しさを埋めるためというのもあったが、ニューヨークの自分とハイチで待っている妻の両方の生活を支えるためだと言った。そして、いまはアパートの費用を貯めているが、いずれは家を買いたいとも打ち明けた。妻は自分も働きたいと言った。ハイチでは秘書の学校を卒業していた。その資格は役に立つかしら？　でも英語ができないからと男は言い、まずはハイチレストランのウエイトレスか、工場の針子から始めたらどうかとすすめた。あれこれ考えているうちに男は眠りに落ちた。妻は仕事の始まる九時に男を起こした。男は洗面所に駆け込み、さっと顔を洗って服を着替える間じゅう自分をののしった。寝坊するなんて、遅刻してしまうじゃないか。

妻に口づけて、男は慌てて出て行った。遅刻だけはしたくない。支配人に説教されるのが嫌でたまらなかったのだ。あいつの決まり文句はこうだ。「ここにはお前にみたいな奴は五万といる。この仕事をしたい奴はいくらでもいるんだ」

出歩くと迷ってもどって来られないのではないかと心配して、妻は一週間のあいだずっと部屋で過ごした。毎日が同じことの繰り返しだった。朝起きてラジオをつけ、ニューヨークとハイチのニュースを聴く。アパートからそう遠くはないところで、人びとが集まってドリスモンドの死に抗議するデモが行われていた。アメリカ生まれのドリスモンドの父親はハイチでは有名な歌手だったので、その声をいつもラジオで耳にしていた人びとは怒りをさらに掻き立てられた。

「正義なくして平和なし」　チキンシチューと魚のフライをしながら、妻は口ずさんだ。午後

には ハイチに手紙を書いた。こしらえた料理のこと、壁に飾ってある自分の写真のこと、ラジオから流れる曲とデモのこと。家族宛、夫のもとへ行けることを心から喜んでくれた幼馴染の女友達宛、そしてニューヨークに行くことを羨ましがっていた秘書学校のクラスメート宛に。そして、夫がハイチを去った三日後に閉じこもっている彼女の様子を見に来てくれた男友達にも。

あまりにしつこくノックされたので、彼女はついにドアを開けたのだった。服は夫を見送ったあの日のままで、彼女は男友達の腕に倒れこんだ。冷たいタオルを額に載せてもらい、水を汲んでもらった。あわてて飲んだので吐き出してしまうほどだった。その夜、男友達は一緒に隣に寝てくれて、暗がりのなかでそっと言い聞かせてくれた。これが愛なんだ。もし本当の愛ならば、未来だけを見つめていまを乗り切る勇気を持たなきゃ。君の夫は本当に君を愛しているよ。

本当はこの隣人のことも夫に話したかった。彼が去った後何度も家を訪れては添い寝してくれた男友達のことを。そして、その瞬間だけは将来に希望が持てたということを。嘘は恋愛関係の最初のうちだけだという人もいた。半ばになって初めて真実がわかる、と。しかし、彼女と夫のあいだに半ばはまだなかった。始まったばかりで、それでいてすでに終わることばかり恐れていた。

男が初めて妻と会ったのは、海沿いの町ジャクメルのカーニバルだった。いちばん楽しみにしていた聖杯水曜日前夜のフィナーレに、騒ぎ疲れた人びとが浜辺に集まって、マスクや衣装を焼きながら、それまでの騒ぎの邪気から身を清めるために泣く真似をしていた。その泣き女のひとりが彼女だった。泣き女とはカーニバルの遺物がかがり火のなかで灰になっていく悲しみを、もっとも感情的に表す公式の泣き手のことである。

「カーニバルの父《パパカナバル》よ《オー》、さらば《アレ》！」そう言うと、本物の涙が彼女の頬をつたって流れ落ちた。

男は思った、頼まれただけでそれほどまでに泣けるのなら、きっと好きになってくれたらものすごく愛してくれることだろう。他の泣き女たちが立ち去った後も、彼女はかがり火の燃えかすが消えるまでその場にとどまっていた。そんな彼女の気を晴らし、ましてや笑わせるなんて到底無理だった。嘘泣きはできないと彼女は言った。いつもつらいことを思い出して泣いているのだ、と。

ビザが下りるまで、男はジャクメルとポルトープランスの間を何度も往復した。そして最後の日、男はプロポーズした。

ニューヨークのある午後、仕事から帰ると妻が小さな部屋でベッドの端っこにすわって、反対側の壁の自分の写真をじっと見つめていた。男が頭にキスをしても彼女は身動きひとつしなかった。何も言わず、服を脱いでベッドに横になり、彼女の背中に顔を押し付けた。秘密は無理には知りたくなかった。彼女の頭のなかにくすぶるカーニバルの火が消えてくれることだけが願いだった。

ついに週末がやってきて、妻はご機嫌だった。男は昼近くまで起きなかったが、妻は夜明けとともに飛び起きてほかの男たちが使う前にバスルームに駆け込み、赤いジャンパーと男のTシャツを一枚着て、ふたたびベッドにもどって男が目を覚ますのをじっと待った。

男が目を覚まし、いよいよ準備ができると妻はたずねた。「きょうは何をする？」

夫と一緒に外を出歩いて人の顔を見てみたかったし、何か食べてもみたかった。リンゴとかフライドチキンとかを、太陽の光が顔に降り注ぐオープンカフェで。

部屋を出るとき、ちょうど玄関先の白いカーネーションの植わった鉢の間に立つ大家の女主人にばったり出くわした。妻は丁寧にお辞儀をして、夫の腕を引っ張った。通りに出ると、露店は土曜のまとめ買いで果物や野菜などの食料品を買い求める客でごった返していた。

男はバスに乗りたいかと妻に聞いた。

「どこ行くの？」

「どこへでも」と男。

妻はバスの車窓から家並みやヘアサロンの看板、教会の塔やガソリンスタンドを数えていた。飛び去っていく街の風景は、窓に顔を押し当てた彼女の息でガラスがくもると見えなくなった。するとと今度は後ろを振り返り、隣にすわった夫の顔をまじまじと眺めた。男の眼は眠気でまだトロンとしていた。まるで初めてニューヨークに来たかのように、もっと見たいから席を替わってほしいとはさすがに言えなかった。

男は妻をブルックリンの真ん中にあるプロスペクト公園に連れて行った。公園はとても大きく、木が茂り散策路が縦横に走っていた。奥深くまで入って行くと、あたりにはほんの二、三の建物が遠くの街の景色に覆いかぶさる山のように見えていた。ハイチにいたころに想像していたニューヨークにこんな場所があるとは思ってもみなかった。この大きな公園にやって来ては季節や昔のこと、そしてふたりの果てしない距離についてしみじみ考えたと男は妻に言った。


公園からパークサイド通りにもどったのは夜の七時過ぎだった。妻が男と手をつないだのは男のメモによれば五時十一分、以来ずっと放さなかった。そしていまふたりで薄暗がりの通りを歩きながら、妻はテレビの蒼い光が時折瞬《またた》くアパートの部屋をずっと見上げていた。

お腹がすいたと妻が言ったので、レストランを探しにフラットブッシュ通りまで歩いた。見知らぬ雑踏のなかで手をつないで歩いているとき、ジャクメルのカーニバルでもうひとつ大好きな場面を思い出した。新郎と新婦がきらびやかな結婚式用の衣装で街中をねり歩く場面だ。通りの人びとを物色しながら、いかにも硬い表情の真面目そうな人を見つけてはそれぞれ「私と結婚してくれますか?」と声をかけるのである。

カーニバルの七日間にこの申し込みは徐々に形を変えていく。「私と付き合ってくれますか?」「ひとつになりませんか?」「絆の縄をふたりの首に巻きつけませんか?」

言われた人がまんまと引っかかり顔を近づけたとき、実は新婦は男で新郎は女であることを知り、大笑いとなるのである。その誘いはきわめて巧みなもので、衣装もとてもよく似合っていた。

アパートへの帰り道、ほとんど誰も乗っていないバスのなかで男は、朝とは違って妻の隣ではなく通路を挟んですわった。妻は男の背後の夜の暗闇を見ているふりをしながらちらちらと男を見た。男もつい何度も妻の方を見た。初めて見たようなふりをしようとしたが、できなかった。

妻もまたカーニバルのことを考えていた。ふたりが出会った後も、新郎と新婦の格好をして互いに結婚相手を探していたこと。互いを自分の新郎新婦とみなして、この悩ましい伝統を避けようとしていたこと。

カーニバルの後、妻はウエディングドレスを、男はスーツをそれぞれかがり火で燃やした。いま思えば、とっておけばよかった。そうすれば、外国のこの見知らぬ通りをふたり着飾って歩けるのに。自分たちだけのカーニバル。英語がわからないから、石のように硬い表情の雑踏の人たちに何かをたずねる必要もお願いする必要もない。ただ静かに結婚式の行進をするだけ。いまふたりの脳裏によみがえっているカーニバルとはちがって、つかの間の静けさのなかで。

水子

Water Child

手紙はいつものように月初めに届いた。たいていがそうであったように、その手紙もまた透き通ったエアメール用の薄紙に、青いインクの毛筆のような字で書かれていた。

愛するナディンへ

今回このようにあなたに筆を執ることができることを私たちはとてもうれしく思います。元気にやっていますか？　父さんの相変わらずの不安定な体調を除けば、おかげさまでこちらは何も変わったところはありません。きょうは膝が痛いと言っています。明日はきっと別の場所でしょう。年を取るのはこういうことなのですね。先月はお金を送ってくれてありがとう。父さんも母さんも喜んでいます。あなたもきっと大変でしょうに、本当にありがとう。今月は別の医者に診てもらいたいと父さんは言っています。もうしばらく声を聞いていないので聞きたいです。またそのうち電話してくださいね。

手紙の最後にはこう記されていた。「心でいつもあなたをきつく抱きしめている母さんと父さんより」。

手紙が届いてから三週間が過ぎても、電話はまだかけていなかった。いつもの倍の金額を使って電報は打ったものの、電話はしなかった。代わりに毎日病院の食堂でツナチーズのサンドウィッチを食べながら、何度も手紙を取り出しては読み返した。ここ三年、毎月第一金曜はチョコレートケーキを頼む贅沢を楽しんでいる。

手紙を読み返すたび、行間から何か別のものを読み取ろうとした。同情、憐憫、哀悼。しかし、どれひとつとしてそこにはなかった。時間が経つにつれて、手紙はどんどんもろく破れやすくなっていった。指でつまむたびに、よくもこの薄い紙を母はペンで破らなかったものだと感心する。注意深く一字一字丁寧に書いたのだろう。ポルトープランスの郵便局もブルックリンの郵便局も、この薄い手紙と封筒をよくも破らずに扱ってくれたものだ。通勤の行き帰りのバスに揺られ、小物入れへの頻繁な出し入れにも耐えている。それだけじゃない。看護服の左ポケットに一日中入れっぱなしだから、すっかりこすれてしまっているはずだ。

昼休みの間ずっとひとりですわっている窓際隅のテーブルに、同僚の看護師が近づいてくるのが見えたので、手紙を丁寧に折りたたんでポケットにしまった。あわててランチ代をポケットのなかで探っていると、ジョゼットは両頬にキスをした。自分の昼休みはもうすぐ終わり、ジョゼットはこれからだった。

なんでもない出会いをあたかも親密なもののように思わせるジョゼットの才能に苦笑いし、窓の外に見える鉄格子のはまった茶色の建物にふたたび目を移した。通路を隔てた精神病棟のナースステーションに目をやり、患者が窓から飛び降りるのを想像してはよく面白がっていた。

「ハインズさんが集中治療室からもどったわ」ジョゼットは言った。「彼女、興奮が収まらないので、ベガ先生は鎮痛剤を射つしかなかったみたい」

ナディンとジョゼットは耳鼻咽喉科の別々の部署で働いていたので、咽頭摘出のオペ後の患者が声が出なくなったとパニックになるのをずいぶん見てきた。医者や看護師、それにカウンセラーがどれほど前もって言い聞かせていても、やはりショックは相当なようだ。

ジョゼットは交代のときは必ず、ナディンに患者の報告書を手渡した。彼女は若いハイチ人の正看護師のひとりで、幼くしてブルックリンに移住してきたので英語の訛りもなかったが、わざと会話にクレオール語を織り交ぜて自分の出自を好んでひけらかした。しかし、昼食のときや一緒に看護を補助するとき以外は、ほとんど会話を交わすことはなかった。

「じゃ行くわね。ここ、どうぞ」そう言って、ナディンは席を立った。

その日の夕方、カナージーのワンベッドルームのアパートに戻ると、ナディンは一日中つけっぱなしのテレビの音に出迎えられた。居間の折りたたみのソファと天井まである本棚の間には新聞と雑誌が不揃いに積み重ねてあり、テレビは何の反応もしなくて済む唯一の生活音だった。三十のとき、いろんな趣味を試してみた。アフリカンダンス、絵画、インターネット。どれも手間ばかりかかって、何より他人とのコミュニケーションが嫌でやめた。

仕事用の白いスニーカーを脱ぎ、立ったままニュースの最後の一〇分を見た。そして、ゲーム番組が始まってから留守番電話の再生ボタンを押した。

一件は元カレ、元婚約者で、おなかにいた赤ん坊の父親のエリックからだった。

「アロー、アロ、ハロー」まるで電話がちゃんとつながっているかどうかいぶかしがるようにクレオール語、フランス語、そして英語でどもりながら繰り返す。まるで声帯には何の問題もないのに親に無理矢理医者に連れて行かれるアメリカに来たばかりの移民の子のようだった。「一言挨拶したくて」かなりなまった英語の発音で彼は続けた。それから長い沈黙。「うん、じゃまた」

彼から電話があると、それは二人が別れてから月に一回ほどの割合だったが、彼女は必ずカセットを留守番電話から取り出し、寝室の鏡台のうえにあつらえた祭壇に置くようにしていた。祭壇というほどのものでもなかったが、額縁に入ったうるんだ眼をしたココア色の女の子のような男の赤ん坊の絵が飾ってあった。ふっくらとした頰は彼女に、出っ張ったおでこは彼に似ていた。その横には何本もの赤いバラのドライフラワー。処置の後、病院を出るときにエリックが買ってきてくれたものだった。日本には生れてこなかった子どもの霊を慰めるために水をかけて祀る神社があると昔、本で読んだことがあった。いちばんお気に入りのコップに水と石ころを入れて、それを一度も返したことのないエリックからの七本にもなるメッセージ入りのカセットと一緒に祭壇に供えた。

その夜、いつものテレビの音にもかかわらずアパートはやけに静かだったので、今日二回目になる母親からの手紙を取り出し、忙しく指で文字を追ったあと、両親に電話しようと受話器に手をのばした。この三ヵ月、何度も回しかけては途中でやめた番号。言ってはならないことをしゃべるんじゃないか、と心配でならなかった。でも今回ばかりは最後までダイヤルをまわし切ろうと思った。しかし、あと少しのところでやめて手紙を破った。二つ、四つ、八つ、そしてさらに細かく。そして、古い雑誌と新聞の間にまき散らして泣いた。

一週間後、また手紙が届いた。同じ薄い紙のエアメールだったが、今度は入念にタイプされていた。aとoを打ち間違って、母音の入る個所には凹みや陰や穴ができていた。

愛するナディンへ

父さんも私もお前が余分に送ってくれたお金にとても感謝しています。これで父さんは病院で診てもらうことができます。でも今度はひざではなくて、医者に悪くなってきていると言われた前立腺です。でも心配はいりません。薬をもらってきたからしばらくは大丈夫です。検査にお金がかかって月々の支払いが大変だけど、私たちで何とかするから。お前の声が聞きたくてなりません。また昔みたいに電話してきてくれるかもしれないと、毎週日曜日の午後は電話のそばで待っています。機嫌を損ねたくはないのだけれど、お前は私たちのたった一人の子どもだし、余計なことは言わないから。お前も年を取ったらどうなるか。こっちから電話をしても、いつも留守番電話ばかりでコレクトコールも受けてもらえません。どうか電話をください。

心でいつもあなたをきつく抱きしめている母さんと父さんより

翌日、注文したツナチーズのサンドウィッチには目もくれず、何度も何度も手紙を読み返した。気がつけば昼休みを過ぎていた。ジョゼットがいつもより早くやってきた。他の連中同様、彼女もまたナディンの過去や現在、将来のこと、それに外国からだと丸わかりの手紙のことなど、たずねてはいけないことを承知していた。ナディン・オズナックが社交的な人物ではないことは、ベテランから新入りまで看護師全員に伝わっている。突っ込んだ話をしようとしたり、テーブルの相席を望んだりしても、待っているのは冷たい沈黙と精神病棟へ逸らされた視線だけだ。しかし、ジョゼットは同じハイチ出身者だということもあって、ときどき彼女を誘ったりもした。

「きょう仕事が終わったらみんなで街に出るんだけど、一緒にどう?」とジョゼット。「ハインズさんの退院祝いの食事会」

「わたしはいいわ」ナディンはそう言うと、いつも以上に早く席を立った。

同じ日の午後、ハインズさんが向かいの個室で突然物を投げだした。駆けつけたナディンの顔にも花瓶が当たりそうになった。同じ病棟の他の中高年の患者たちとはちがって、さらに二十五ほど年上で、たばこは吸わない。

部屋に入ると、ハインズさんは、あまりにもあちこちを叩いて暴れたので、首の金属管が抜けて窒息するといけないからと看護師たちに押さえつけられ、両手両足を拘束帯で縛られようとしていた。

ナディンも加勢して、効果ない静脈注射の痕の残る右手を押さえつけた。

「ベガ先生はどこ?」暴れるハインズさんの蹴りを一発胸に受けたジョゼットが叫んだ。ナディンは右手を押さえつける力を緩ませ、ハインズさんの顔をじっと見た。目は固く閉じられ、下唇は反抗的に上唇から大きく前に突き出され、いまにも唾を吐き出さんばかりの形相。空色の患者服からは素肌がのぞき、帽子が飛んで髪の毛のない頭がむき出しになった。

「もうすぐドクターが来ます」男の看護師はそう言ってハインズさんの左足を押さえつけたが、暴れるのを止めることはできなかった。

「離して!」ナディンのきつい声が飛んだ。

ひとり、またひとりと、看護師たちは手を放して後ずさりした。暴れる必要もなくなったので、ハインズさんはベッドの真ん中で赤ん坊のように丸くなった。

「二人だけにして」ナディンの声はさっきよりずっと穏やかだった。

ためらって皆ぐずぐずしていたが、他に患者がいるということもあり、一斉に部屋を出て行った。

ハインズさんが少しでも自由になれるようにと、ナディンはベッドの転落防止用の柵をできるだけ低くした。

「ハインズさん、何か欲しいものは？」とナディン。

ハインズさんは大きく口を開けて息を吸い込もうとしたが、聞こえてくるのは酸素と粘液が首の管を通り抜ける音だけだった。

たしかテーブルにメモ帳とペンがあったはずだが、ご両親が持参した雑誌と一緒に床に蹴り落とされていた。ナディンはそれを拾って、相変わらず丸まっているハインズさんに手渡した。

驚いたようにナディンの顔を見つめながら、ハインズさんは少しずつからだを開いていった。

「ハインズさん、わたしですよ。はい、どうぞ」そう言ってメモ帳を差し出す。

ハインズさんは、痩せほつれた指の並ぶ右手を突き出した。そして、ゆっくりと指を開き、手を伸ばしてメモ帳をつかんだ。メモ帳を手にしたまま、字を書こうとして何とか起き上がろうとしかめっ面であがいていたので、ナディンは背中と壁の間に枕を入れて支えてやった。

ハインズさんは二言、三言、殴り書きをして、ナディンのほうに向けた。最初は何を書いているのかわからなかった。慌てて書かれたので形がバラバラで、単語と単語がつながっていてとても読みづらかったが、合っているといちいちうなずくハインズさんの姿にうながされて、ナディンは一字一字を声に出して読んだ。

そして、ついにわかった。「しゃ・べ・れ・ない」

「そう、あなたはしゃべれないわ」とナディン。

あまりに淡白なナディンの言葉にハインズさんは驚いた様子だったが、ふたたびメモ帳を取り上げるとまた書きなぐった。「わ・た・し・は・教師・な・の・よ」

「知っています」ナディンは言った。

「じゃ・どうして・こんな・姿で・退院・なんか・させる・の！」ハインズさんは書いた。

「できることはすべてしたからです」とナディン。「これからは話すためのリハビリをあなた自身がしなければならないんですよ。人工喉頭という発声機器だってあります。発声練習には理学療法士がお手伝いしますから」

「まるで・バセンジー・ね」ハインズさんはがっくりと肩を落とした。

「b・a・s・e・n・j・i？ なんです、それ？」ナディンはスペルでたずねた。

「犬・の・こと・よ。全然・吠えない・犬」とハインズさん。

「吠えない犬？ どんな種類の犬です？」ナディンは聞いてみた。

「ただ・生きて・いる・だけ・の・犬」そう書いたハインズさんは、震える下唇を強く噛んだ。


その晩、自宅アパートに帰ったナディンはいつも以上に疲れていた。ニュースの雑音に紛れて、エリックの電話番号を回す。今日こそは、いつもの二十五秒しかない留守番電話の録音よりも長く声を聞くことができるように、と祈りながら。昼の仕事を終えて、メドガーエバース・カレッジの夜間の管理人の仕事に出かける前だろうから、きっと今頃は家で休んでいるはずだ。

と、突然頭のなかが真っ白になった。なんて話しかければいい？　取るに足らないような、ちょっとした話を思い浮かべようと焦る耳元に聞こえてきたのは、その番号は現在使われていないという音声だった。

受話器を置いてかけ直しても、同じメッセージ。何度か試したあと、今度は両親に電話しようと決めた。

十年前、両親は娘を看護学校に入れるために家財をすべてなげうって、中流クラスの住宅地からスラムのすぐわきへと引っ越した。十年前、娘はハイチを出て早く独立したいと夢見ていた。看護師になるという将来の希望にかこつけて、幼稚園教諭の母親とバス運転手の父親に頼み込んだ何の保証もない夢。そのせいで両親はすべてを犠牲にした。でも、いつかきっと恩返しができるとずっと信じてきた。実際、給料の半分、ときにはそれ以上を仕送りした。両親の犠牲に代わりに、親が子の面倒を見るのではなく、子が親の面倒を見るという機会を得たのだ。でも、こちらからかけることは滅多にない電話のときは、逆に保護する側ではなく保護される側になりたい、解放されたい、癒されたいといつも思っていた。たとえどんな決断を下そうとも、後々まで悩まされないように。

「かあさん」受話器の向こうで母親の大喜びする声が聞こえるなかで、ナディンは声を落とした。

ナディンの声が小さくなればなるほど、母親の声は大きくなった。「本当に心配してたんだよ。元気なのかい？　ずいぶんと久しぶりだからねぇ」

「わたしは元気よ」 彼女は答えた。

「どうしたの、元気ないね。落ち込んでるのかい？　とうさんが元気になったらお互いに会う手はずをしないとね」

「とうさんの具合、どう？」とナディン。

「ここにいるわよ。代わるわね。とうさん、きっと喜ぶわ」

突然受話器から父親の声が聞こえてきた。落ち着いてはいたが、父親にしては声が弾んでいた。「ずっと待っていたよ、おまえ。この電話をね」

「わかってるわ、とうさん。ずっと忙しかったの」

お金の話や病気の話、医者通いの話などの重苦しい話題は出なかった。

父親はいつも痛いとか辛いとか口にはしなかったが、母親は手紙でそのことを伝えてきていた。簡単な近況といいことばかり話して、次の電話まで何日も何週間も何ヵ月も気がかりにさせるような失敗談や愚痴は一言もこぼさなかった。

「いい人はできたの？」 電話を替わった母親が言った。子どもが遊ぶボールのように、居間をうれしそうに飛び跳ねながら電話する母親の姿が目に浮かんだ。「誰かいい人、いるのかい？」

「ううん、かあさん」

「何をぐずぐずしているの？　独りぼっちで年を取りたくはないでしょ？」

「わかってるわ、かあさん」

「きょう、とうさんと二人でハチドリを見たのよ」　母親の話題は転々とする。両親とも大の鳥好きで、なかでもハチドリはいちばんのお気に入りだから、見たときは必ず報告してくれる。クラスメートの男の子たちがパチンコで片っ端からハチドリを撃ち殺すのを昔見たことがあったので、ポルトープランスの両親の住むスラム近辺にまだいたことに驚いた。

「小さかったわ。とっても小さかった」と母親は続けた。

近くで父親が付け加えるのが聞こえた。「でも、とても賢いんだよ。だから、きっと生き延びるよ。うちのハイビスカスが好きみたいでね」

「ハイビスカスを植えたの？」　ナディンはたずねた。

「垣根にちょっとね。ちょうど咲き始めたばかりなんだよ。ハチも来るしね。群れでとは言わないけど」

「よかったわね、かあさん。でも、もうそろそろ切らないと」

「ええ？　もうかい？」

「とうさんにもおやすみって言っといてね」

「わかったよ、おまえ」

「またきっとかけるから」


翌朝、ナディンは退院の書類にサインしてドクターを待つ間、ハインズさんが荷物をまとめたあと、明るい黄色の大きめのジャージに着替え、それに合わせた帽子をかぶるのを眺めていた。

「母が・この・ハイビスカス色の・ジャージを・買って・くれた・の」とハインズさんはメモ書きした。メモ帳は看護師への指示やら、前の夜に面会に来た両親とのやり取りやらで、半分埋まっていた。

「何か気になることは?」ナディンはたずねた。

「両親・の・こと」とハインズさん。そして、手を延ばして首に入った金属の管の端を軽くたたいた。両親にまたそれを見られるのが嫌のようだった。

「わかりました。もうすぐドクターが来ますから」

ナディンは言っておこうと思った。いまは落ち着いていても、声が出ないことへの絶望感は毎日のように襲ってくるかもしれない。いくらそうしようとしても声が出ないという悪夢で跳び起きたり、ハッとするようなときも助けを叫ぶことはできなかったりするだろう。最悪、昔のカセットやビデオ、留守番電話の声なくしては、自分がどんな声をしていたかすら忘れてしまう、と。でも、何も言わなかった。他の患者と一緒で、ハインズさんもそのうち自ら気づくだろうから。

ナディンは昼休みの半分を、精神科の看護師たちが忙しそうに殴り書きをしては突然のナースコールに駆け回る姿を、路地をはさんだ向かいの茶色いビルの鉄格子のはまった窓越しに眺めて過ごした。

ジョゼットはいつもより早くやってきた。明らかにナディンを探している様子だ。

「どうしたの?」ナディンはたずねた。

「ハインズさんがね」とジョゼット。「あなたに一言お別れが言いたいんですって」

自分はいなかったことにしてほしいとジョゼットに頼もうと思ったが、借りを作りたくはなかったのでやめた。

ハインズさんは両親と一緒に病棟のエレベーターホールにいた。車いすにすわり、手には退院の書類、膝にはがらくたのいっぱい詰まった透明のビニール袋を載せている。父親は背筋をすっと伸ばし、絶対に離さないといった具合に汗ばんだ震える手で車いすの取っ手をきつく握っていた。母親はハインズさんに似て痩せて背が低く、娘に対する神の仕打ちへの激しい怒りから泣き叫ばないように必死にこらえているといった感じだった。

代わりに何かぶつぶつ言いながら、退院の書類と鞄をあずかろうとしていたが、そのことにハインズさんはイライラしながらも、鞄のなかからメモ帳を取り出して素早く筆記した。「オズナック・さん　両親・の・ニコル・と・ジャスティン・ハインズ」

ナディンは二人と握手した。

「お会いできてよかった」父親が言った。

母親は黙ったままだ。

「いろいろありがとうございました。ドクターたちにも、ほかの看護師さんたちにも、皆さんによろしくお伝えください」と父親。

突然エレベーターのドアが開いたが、医者や看護師や患者で満員だった。ハインズ一家を残して、エレベーターは閉まり降りて行った。

ハインズさんはメモを一枚めくって、新しいページに書いた。「さようなら・オズナック・さん」

「お元気で」ナディンは言った。

次のエレベーターが来てドアが開いた。今度はさほど人はいず、乗れそうだった。父親が押す車いすが前に傾きすぎたため、ハインズさんはエレベーターに頭から突っ込む形になった。

エレベーターが閉まり、大きな鏡のようなドアに自分の姿がゆがんで写った。もし受胎から二カ月後に赤ん坊を堕胎していなかったら、昨日か今日、明日あたり、いや今週中、少なくとも今月中にはきっと生まれていたはず。

ほんの一瞬こんなことを考え、それから両親やエリック、そしてアパートの寝室に供えた水の入ったコップの小石を始め、エレベータードアのなかから大きくゆがんで見つめ返す、すっかり変わった姿の女性にかかわるすべてのことを思った。

奇跡の書

The Book of Miracles

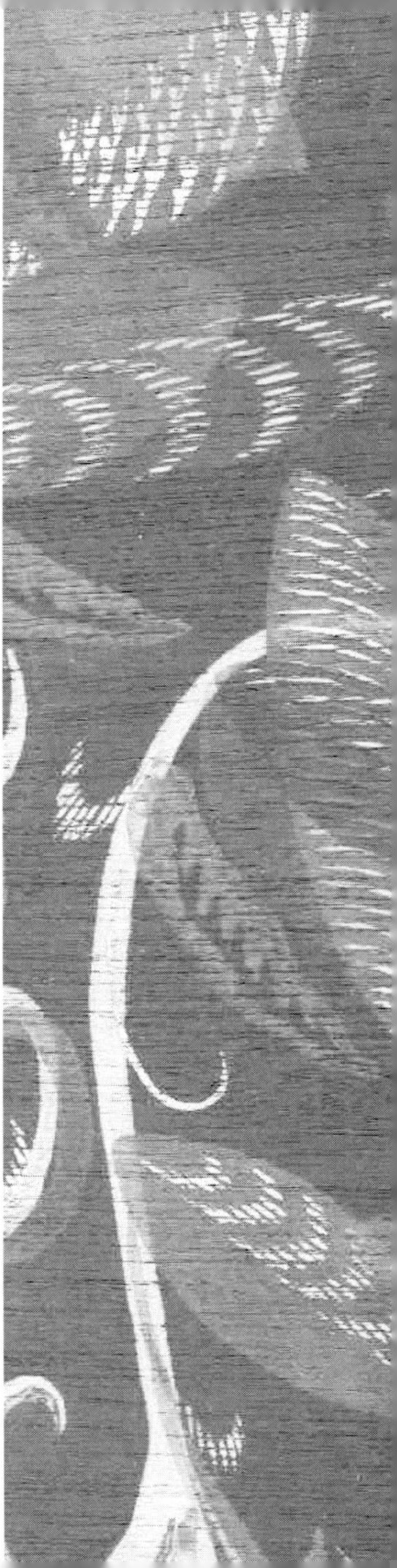

墓地を通る前に、アンは奇跡の話を始めた。最近宗教チャンネルの番組で耳にしたという、水晶の涙を流す十二歳のレバノン人少女の話だった。

そのとき、助手席の娘が「痛たたっ！」と叫んだ。この手の言葉は成熟した子どもの口からは聞きたくはない類のものだが、娘はよくわからないことへの手っ取り早いリアクションとしてときどきそれを使う。「痛たたっ！」以外に「超すごい」だったり、「オッケー」とか「何でもいい」だったり、娘は十四歳の頃からそんな言葉を使うようになった。

もう一人前の女性なのだからもっと言葉の重みを知りなさいと言って、アンは娘を叱ろうと思っていた。そうすれば、「芸術家」気取りでも真剣に取り合ってあげるのに。でも、そんなことをしてもきっと娘は振り返ってこう言うだろう。「オッケー、何でもいいわ、ママ。いいから話を続けて」

いつも奇跡の話を一所懸命に聞いてくれて、娘の言葉遣いにも一緒になって憤慨してくれる夫が、クレオール語で言った。「もし目から水晶が出るのなら、血の涙なんじゃないか？」

「それはすごいわ」とアン。「水晶はナイフみたいに鋭いから、目は傷つかなかったのかしらねぇ？」

「大きさはどれくらいだったって？」ジャッキー・ロビンソン・パークウェイに入る交差点に差しかかったところで夫がたずねた。

アンはクリスマスやハヌカ〔ユダヤ教の年中行事のひとつ。キリスト教のクリスマスとほぼ同じ時期に祝われる〕やクワンザ〔毎年十二月二十六日から一月一日にかけて行われる人びとのアフリカ系のお祝い」用のイルミネーションで、窓がいつもより華やかな周囲のビル群に目をやった。アンが電飾で点滅するクリスマスツリーや電気のろうそく、段ボール製の大きなサンタなどを目に焼きつけておこうと外を見ている間に、車は曲がりくねった狭い道に入っていった。アンはドライブが大嫌いで、今夜が家族で一緒に参加するクリスマスイブのミサでさえなかったら、きっと車には乗っていなかったはずだ。学生時代、娘は無神論者だと言っていた。神を信じないことを選んだ娘と、毎週ブルックリン博物館に出かけて行っては古代エジプトの石像群の下で祈るようにたたずむ夫のはざまで、アンは異教徒に囲まれた孤独を感じていた。

そのレバノン人の少女の目から出る水晶は一〇カラットのダイヤモンドと同じ大きさだと夫と娘に話したら、十中八九娘は「きっと家族は、もっともっと泣いてほしいと願うはずだわ」などと言うにちがいないと思ったちょうどそのとき、車が墓地に差しかかった。

墓地を通り過ぎるとき、アンは必ず息を止めるようにしていた。幼い頃、三歳の弟を連れてグラン・ゴアーブの浜辺に海水浴に出かけたとき、弟は波間に消えていった。以来、弟は自分の墓を探してこの世を歩き回っていると信じている。だから墓地を通るときは、どこの墓地であれ、濡れた小さなからだで灰色の目を皿のようにして自分の名がないか、墓石をひとつひとつ覗き込む弟の姿を想像するのだという。

墓地は道の両側に広がっていて、街灯に墓石がぼんやり浮かびあがっている。息を止めている間、アンは小さな肺をつぶされた弟がもがくのをやめて、海星《ヒトデ》やウミガメ、海藻やサメの世界にゆっくり沈んでいく姿を想像した。その一件以来、アンは海には近づいていない。それどころか、テレビに映る一瞬の波の映像にすら心臓があおられるという。

アンは思った、いったい誰がこんな墓地の真ん中に車通りの激しい道路を作ろうと思ったのだろう、轟音を立てて車と生者が通り過ぎるのを、死者に我慢させるような道を。普通ではあり得ない。きっと設計者は日常の利便性を優先したのだろう。高速で通り過ぎる車の騒音を、死者たちが喜ぶとでも思ったのだろうか。だとすれば、まるで夢というオブラートに包まれた微風《そよかぜ》に漂う影や、死んだ子どもたちの笑う声、泣く声、そして死んだ恋人たちのささやきを、なぜ生者は死者が存在する合図として受け止めようとはしないのか。

「もう墓地は過ぎたわよ」と娘が教えてくれた。

知らぬ間にアンは目を閉じていた。母親が墓地に強く反応するのに娘は気づいてはいたが、その理由は聞こうとはしなかった。両親が説明しようとしない出来事はすべて「ハイチ時代に起きたこと」だと、娘は幼くして悟っていたから。

「でも、パパまで墓地嫌いでなくて本当によかったわ。もしそうだったら、今頃は私たちが墓地に入っていることになるからね」

そう言うと、娘はたばこを取り出した。父親が手で制す。かつてのチェーンスモーカーは、いまはその匂いすら嫌がる。

「車を降りてからにしなさい」

「はい、パパ」　娘はたばこを箱にもどす。そして、パークウェイ沿いに立ち並ぶ落葉した木々を眺めながら言った。「オーケー、ママ、別の奇跡の話をしてよ」

昔々、三十年以上も前の話。あなたの父さんはハイチの刑務所で多くの人びとを傷つける仕事をしていたの。でもいまの父さんを見てごらん。なんて穏やかな人に見えること。なんて我慢強い人なのかしらねぇ。クリスマスイブのミサのために四〇マイルも離れたウエストチェスターのアパートまであなたを迎えに行ってくれているのだもの。アンにとって、これこそまさにクリスマスイブの夜に娘と共有したい奇跡だった。夫の転身という奇跡。しかし、もちろんそれは話せないことだった。少なくともまだそのときではない。アンは別の話をした。

白いバラの花張り紙のなかにマリア様の姿を見たという二十一歳のフィリピン青年の話。

彼女は娘がまた「超すごい」なんて言葉で適当な反応をすると思っていたが、今回はまともな質問をしてきた。「でも、どうしてこの手の話に出てくる人たちはいつも外国人なのかしらね？」

「それはアメリカ人に信仰心がないからさ」　父親がすかさず割って入って、娘の顔をちらっと見やる。

「この国の人たちは現実的なのね、きっと」と娘。「でも、ハイチとかフィリピンだと何でも見えるのよね。見えないものまで見えちゃう。バラのなかに女の人の顔が見えたら、誰かがそこに絵を描いたんだとわたしは思うけど、ママは奇跡だと思うのよね、ねぇママ」

車はジャッキー・ロビンソン・パークウェイからジャマイカ・アベニューへ入り、渋滞する交差点で止まった。アンは、思い出してしまった過去から今夜のクリスマスイブのミサへと気持ちを切り替えようとしていた。年に唯一家族が全員そろって出かけるイブのミサをとても楽しみにしていたから。

娘がまだ小さかった頃、イブのミサには必ずブルックリンを一周してクリスマスの飾りを見てから行ったものだった。住んでいた地区では、キリスト降誕のシーンや、芝生彫刻、リース飾り、たれ幕などを近所で互いに競い合わせて賞を与えたりしていたので、それはもう華やかだった。しかし、飾りつけると人目を引くかもしれないという一般的には首をかしげるような理由から、アンたちは飾りを一切施さなかった。その代わりにこうやって近所を回るのが、いつもの変わらない習慣となっていた。

娘と一緒に住んでいた頃、クリスマスイブのミサと並んでこの時期楽しみにしていたのは、両手に抱えるほどいっぱいの茶色い紙切れを気づかれないように娘のベッドに下に入れておくことだった。紙切れはイエスが生まれたときの干し草の代わりだ。寝室のドアにはヤドリギの枝もつるした。ヤドリギにはすべてを和解へと導く力があるから、もし二人の敵が木の下に行けば互いに武器をおいて抱擁せねばならなくなるとヤドリギ売りから聞いたことがある。

アンと夫はお互いにも、娘へも、クリスマスの贈り物はせず、クリスマスの朝にはないものを得ることを期待するのではなく、家族や屋根つきの家という、いまあるものへの感謝をするよう心がけてきた。娘もよくわかっていたので、クリスマスへの関心はすっかり薄れていた。買い物にも行かず、クリスマス特集のテレビ番組も一切見ない。唯一面白がっていたのは、近所を回ってキラキラに飾り立てた家の悪口を言うことだけだった。

「あの家を見てごらん」屋根のてっぺんから下まで氷柱の電飾がぶら下がった家を指さして夫が叫ぶ。「どれくらい電気代がかかるか、想像できるかい？」

「あんな家で寝たくないわ」居間の窓で光るネオンサインを見て、娘が笑う。「夜でも昼間みたいに明るいでしょうから」

渋滞がまた動き出した。聖テレジア教会の近くまで来た頃には、車のなかはすっかりいつもの調子になっていた。目が飛び出るほど高い電気代の話をする夫と、飾り立てる家々を次から次へと「火事」だとはやし立てる娘。一瞬、アンはミサで歌う讃美歌のことを考えた。「きよしこの夜」が一番のお気に入りだった。彼女は安らかなメロディにのせて歌詞を口ずさんだ。

　　安らかに眠れ
　　安らかに眠れ

ミサまでまだ十五分もあるというのに、教会は人でいっぱいだった。寒いなか、娘は外でたばこを吸っている。アンと夫は後ろから二番目の列の、カップルが手をつなぎ祭壇を見つめている横に席がちょうど三つ空いているのを見つけた。アンは座席に入り込むと、隣の女性が軽く会釈をしてくれた。

娘もすぐに来て、父親の横の通路側に座った。母親にドレスか、せいぜいスカートとブラウスくらい着るように言われたのに、柄入りのジーンズと毛羽立ったセーターを譲らなかった。

クリスマスのときの教会がいちばん美しいとアンはいつも思う。祭壇の前のキリスト降誕の場面には、黒いマリアとヨゼフ、赤ん坊のイエス、そしてマホガニー色の顔を金色に照らすろうそくが描かれていた。人びとが互いに挨拶を交わしている光景を見るにつけ、アンは自分や夫にもビューティサロンと床屋の客以外にもっと多くの親しい友人がいればよかったのにと思ったりもする。でもすぐに、夫の過去についてあれこれ詮索する人間を作らなかったことは正しい選択だったと思い直すのだった。客が多いという理由だけで、ノストランド・アベニューのハイチ人街の真ん中に店を構えた。三人の若いハイチ人と一緒に地下に部屋を借りた理由も、そんなところに住みたい人間は他にいないと思ったからだ。もっとも、床屋を開店してすぐに夫は三六キロも体重が落ち、名前も変えてあったし、出身はレオガーヌの山奥だということにしていたので、ニューヨークで成功したハイチの田舎者くらいにしか思われていないにちがいない。それ以上のことを聞こうとする人間もいなかった。まさか、犠牲者が二度とその名を口にしようともしない、「デュー・ブレーカー」と恐れられた拷問執行人だったなどとは誰が想像できただろう。

司祭が入ってきて祭壇にお辞儀すると、教会は静まりかえった。ちょうど真夜中だった。クリスマスイブの真夜中の六〇秒が、アンは一年でいちばん好きな瞬間だった。その一分間は、自分だけでなく世界中の誰にとっても素敵な一分間にちがいないと思っていた。精霊を迎えるために、鳥は夜通しさえずり、動物はひざまずき、木々は頭を垂れる。映画館の大きなスクリーンに映ったように、一瞬にしてそんな光景が目に浮かんだ。秘密の井戸の水と遠くの川や泉はワインに変わり、微風に吹かれてベルが鳴り、ろうそくとカンテラとランプがベツレヘムの星のようにまたたく。開かれる楽園の門。この瞬間に亡くなった者は誰でも、煉獄《れんごく》の苦しみを味わわずにそこを通ることができる。聖母マリアは息子イエスにセレナーデを歌って聞かせてくれるようにと、子どもをこの世から何人か選んで天国へと誘う。

ここでアンはふたたび祈った。どうか聖母が自分の弟を選んでくれますように、弟が天国で天使と一緒に歌っていますように。埋められていないために眠らずどこかをさまよいつづける弟。もし天国へと召されたのなら、聖母はきっととどめおいてくださることだろう。

司祭が祭壇に香をたき込んで、煙はいばらの冠をかぶり金の十字架に貼り付けになっているイエスの頭にまで届いた。次の瞬間、娘は斜め三列前の通路側を指さしながら父親に何かをつぶやいた。

静かにするよう注意したかったが、かえって人目を引きそうだったので、周囲の視線が娘に集まるなか、仕方なく押し黙っていた。しかし、娘の声がさらに大きくなったので、夫の耳元にささやいた。「いったい何?」

「エマニュエル・コンスタンがいるって言うんだよ」と夫は静かに答えた。

娘の言うあたりを夫が指差した。見たところ、その男は周りから頭ひとつは突き出すほど背が高く黒い肌で、髪はアフロで短く、あごひげを生やしている。たしかに特徴はすべて、ノストランド・アベニュー沿いの街路灯にペタペタ貼ってある、「ハイチ人反逆罪指名手配犯」の貼り紙と同じだ。写真の下には犯した罪が書かれていた。「拷問、強姦、五〇〇〇人の殺人」。皮肉にも、すべて「ハイチの進歩と発展のための戦線」という準軍事組織に属していたときの犯行だ。

アンも夫も、朝と晩、店のシャッターの上げ下ろしをするたびに貼り紙を目にした。しかし、二人ともその話は一切しなかった。そのうち貼り紙の色が落ち、文字も消えていった。しばらくすると、強姦(rape)は猿(ape)になり、殺したハイチ人の数五〇〇〇の五が消えて〇三つになった。通行人が落書きした頭の悪魔の角も、クレオール語の罵りも消えてしまって、まるでコラージュの芸術作品のようだった。

貼り紙が貼られる前から、エマニュエル・コンスタンの名は新聞やラジオ、ケーブルテレビなどでよく耳にしていた。コンスタンによる死の部隊がつくられたのは、大統領が軍事クーデターで国外追放になった後のことだ。何千ものコンスタン支持派が、大統領支持派を黙らせるために人びとを包囲して、ガソリンをまいて家に火をつけ、逃げ出した住人を片っ端から撃ち殺した。殺した人間の顔の皮をはいで身元がわからないようにするという残虐な行為のことも読んだ。クリスマスイブの日、ハイチに大統領がもどったため、コンスタンはニューヨークへと逃亡。ハイチでの裁判の結果、終身刑を言い渡されたが、従うことはまずないだろう。

自分の店と夫の店の前の貼り紙が目に入るたびに、いつも引き剝がしたくなった。コンスタンへの同情などではなく、貼り紙の顔がいつか夫の顔にすり替わっているのではないかという不安からだ。もっとも、夫の刑務所での「仕事」とコンスタンの犯行との間には三十年以上もの開きがあったが。

「本当にあいつなの?」アンは夫にささやいた。

後ろの人がアンの耳元で「シーッ」と言ったので、夫は肩をすぼめた。

コンスタンだと言われる男は真っ直ぐ前を向いている。コーラスが歌うクリスマスの讃美歌を神妙に聞いている様子だ。

こはいかなる子であるか
マリア様のひざにて眠りぬ

娘は落ち着かない様子でぶつぶつ言いながら、いらだちを露わに男の方を見ている。アンは娘の正義感が誇らしかった。でも、もし父親のことがばれたら？　父親がやったことを知ったらどうだろう？

お祈りが終わり、聖餐式でブドウ酒とパンを受けるために皆前方へと進みはじめた。司教が言った。「主イエスが自らの血と肉をお与えくださいました。私たちはなんて幸運なのでしょう」

本当にそうだ、とアンは思った。こうして存在していられる、生きていられるのだから。順番が回ってきたので、アンは同じ列の人びとと一緒に立ち上がり祭壇へ向かう。隣のカップルも一緒だ。敬虔さも関心も示さない夫と娘は席に残った。

司教の前に立ち、懺悔の言葉を口にしながら聖餅を口で受け取るアン。十字を切ってから、流れに従って自分の席へともどる。

娘がコンスタンだと言い張る男がすわる席の近くで、確かめようと足を止める。コンスタンだったらどうしよう？　どうすればいい？　顔に唾を吐きかける？　それとも抱きしめる？　夫と結婚したことで、罪と同情のはざまの紙一重の心情は経験している。でも、コンスタンに罪の意識があるかどうか、どうやったらわかるというのか？　自由の身をひけらかすためにミサに参加しているとしたら？　犠牲者をあざけりに来たのだとすると？　罪の意識などみじんもなかったら？　ましてや、自分を無実だと思い込んでいたら？　どこにでも好き勝手に行ける無実の身だと思っていたらどうだろう？　そもそも、自分にこの男の罪を裁く権利があるのか？　敬虔なカソリックの信者であり、夫のような人間の妻となった自分には、娘が享受しているような自由の権利などないのかもしれない。

もっとよく顔が見えるように、腰をかがめて近づく。何かを落とした振りをしようと思っていたことなどすっかり忘れている。

少し似てはいるものの、コンスタンではなかった。最近の新聞や指名手配写真はもっと老けて、倍は太っている。額はもっと広く眉毛も毛むくじゃらで、目が大きく唇も分厚いはずだ。かがめていたからだをもどし、通路でじっとしていると男が顔をあげてほほ笑んだ。知り合いかもしれないが思い当たらないといった顔をしている。二人の関係がわかる挨拶を待っている様子だったが、アンは何も言わなかった。後ろの人に肩をたたかれ、ふたたび歩きはじめる。席にもどるまで、膝ががくがく震えていた。

「彼じゃないわ」そう夫にささやいた。

夫は娘に伝える。「ちがうってさ」

アンは席に着くまで心のなかで言いつづけた。「彼じゃない」。ああ、彼ではなかった。寿命の縮む思いのあとにこみ上げる、妙にうれしい気分。でも、娘はまだいぶかしげに男の方を見ている。

希望者の聖餐式が終わり、「きよしこの夜」が始まった。しかし、静かなメロディも癒される歌詞も耳に入らなかった。このミサにも、どのミサにももう二度と夫を連れて来るのはよそう。万が一誰かが、きょうの娘のように夫の方をじっと見つめる人間が現れでもしたら？　もしも気づいて顔を見ようと近くまでやってきたら？

讃美歌が止み、二回目の聖餐式を司教が人びとに告げる。

ふと、夫の口元が讃美歌に合わせて動いているのには驚いた。うつむきながら途中から唱和していたようだ。自分の妻が好きな曲だという理由だけで、一緒に歌ってくれたことがうれしかった。コンスタン似の男の出現で動揺したアンを落ち着かせ、元気づけようとしてくれたのだろう。

その間も娘は確かめようと首を伸ばし、男から目を離さなかった。

ミサが終わると、司教は人びとと挨拶を交わしながら通路から退出した。最前列の人びとが続く。順番が来るのを待つアンたち。

コンスタンだとされた男の順番が来て、女性と話しながら目の前を通り過ぎて行く。その瞬間、娘がまるで腕をつかむように手を動かしたので、とっさに夫が男が離れるまで制止しつづけた。

「殴ろうなんてしてないわ。ただ名前を聞きたかっただけよ」

弁解するように、アンの方を向く娘。「名前を聞くのがそんなに悪いこと、ママ？」

司教へ挨拶する順番が回ってきたとき、娘と夫はさっと身をかわしてアンだけが残った。

「きょうはようこそ来てくださいましたね、アン。ご家族も一緒だと思っていたのに」と司教。

「一緒ですよ、司祭様」アンは答えた。

教会の入り口から通りを見やると、人びとが歩道のうえを歩いている。二人は芝生のうえにプラスチックのトナカイが飾られた家の前だ。

「ほらあそこです、司祭様」そう言って、アンはその家の白い鉄の塀を指さした。

司教は振り返ったが、道の両側の歩道を歩く人びとに紛れた二人を見つけることはできなかった。

寒いなかを温め合うようにからだを寄り添わせて立つ夫と娘。電飾で埋もれたその塀の横で、いったいどんな会話をしているのだろう？　ミサの話、あの男のこと、それとも目の前の家の話だろうか？

「メリークリスマス、アン」司教はそう言って、アンを送り出した。司祭はすでに次の人を見ていた。

「メリークリスマス、司祭様。とてもいいミサでしたわ」

外に出ると、ミサの興奮冷めやらぬまま教会前の歩道を歩く人びとに合流した。夕食をどうしようかと話す人、車に乗って行かないかと誘ったり誘われたりする人びと、寒さのなか子どもにコートを着せる人。そんな人びとをかき分けてまで、夫や娘のもとへと駆けつけようとはしなかった。

歩きながら「メリークリスマス」と声をかけるときは、あえて小さな男の子連れの親を選んだ。

「いいミサでしたね？」

「コーラスもよかったし」

そのとき、突然すぐ横で娘の声がした。「パパは準備オッケーよ」そう言って、腕を組んでくる。ここ数年すっかり粗野になってしまった娘に残された、数少ないかわいらしい少女の仕草だった。

夫はまだ通りの向かいに立っている。あのクリスマス飾りの家を背に寒そうに肩をすぼめ、コートのポケットに両手を突っ込みながら。

「きょうのミサはよかったわね？」娘がまだあの男のことを考えていないか探りながらたずねる。

もし考えていたら、きっとこう言うだろう。「うん、オーケー、ママ。いいミサだったわ、あの男が現れるまでは」

予想に反して娘は、母親がここにいることを夫に合図しながら言った。「ママ、あの男の人のことだけど、取り乱して悪かったわ。パパは私が殴ったり足を引っかけたりしようとしたとか思ってるみたいだけど、そんなわけないでしょ。なぜだか、ああなっちゃったの。冷静じゃなかったわ」

私は冷静だったと、アンは喉元まで出かかった。

いつも赦しと後悔の間で揺れる振り子のような人生を送ってきた自分。でも、怒りが消えてなくなったときはちょっとした奇跡だと思った。ときどき襲われるてんかんの発作が治まったときの、復活した感覚と同じように。

目の前の娘の息が寒さに白く凍る。彼女は唇を閉じて、ほとんど熱いほど温かくなるまでアンの頬に押しつけた。

しばらく押しつけた後、娘はほほ笑んで言った。

「こう言っちゃなんだけど、ママ。毎年おんなじことの繰り返し。聖歌隊も曲もミサも。ただのミサでしょ。それ以上何もないわ。ママが言う奇跡とは程遠いものよ」

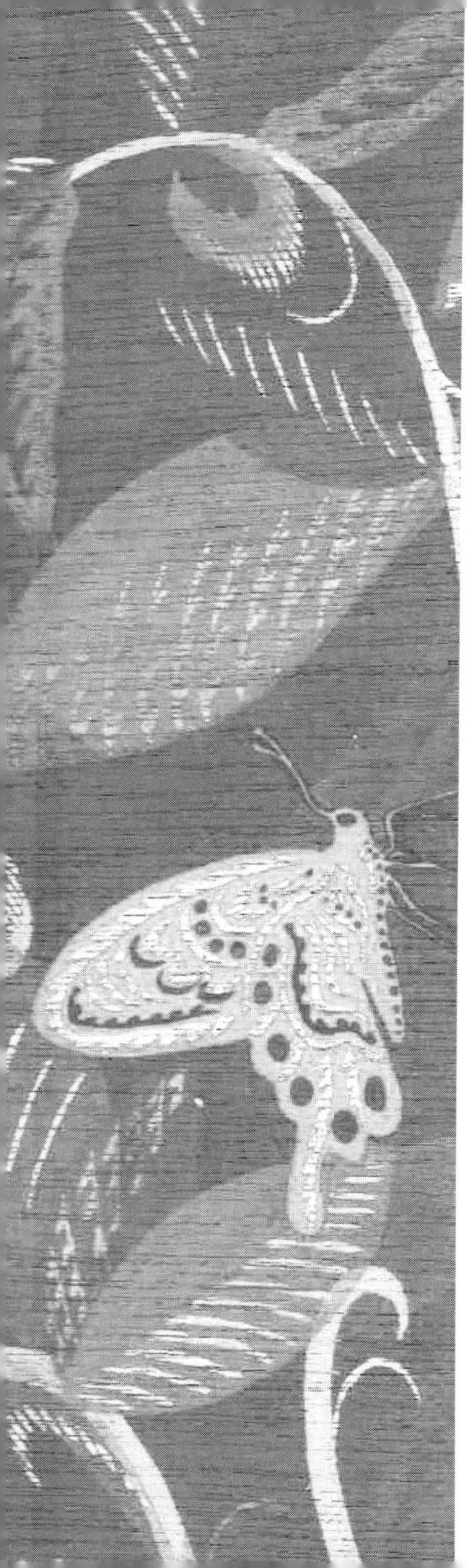

夜話者《ナイトトーカー》

Night Talkers

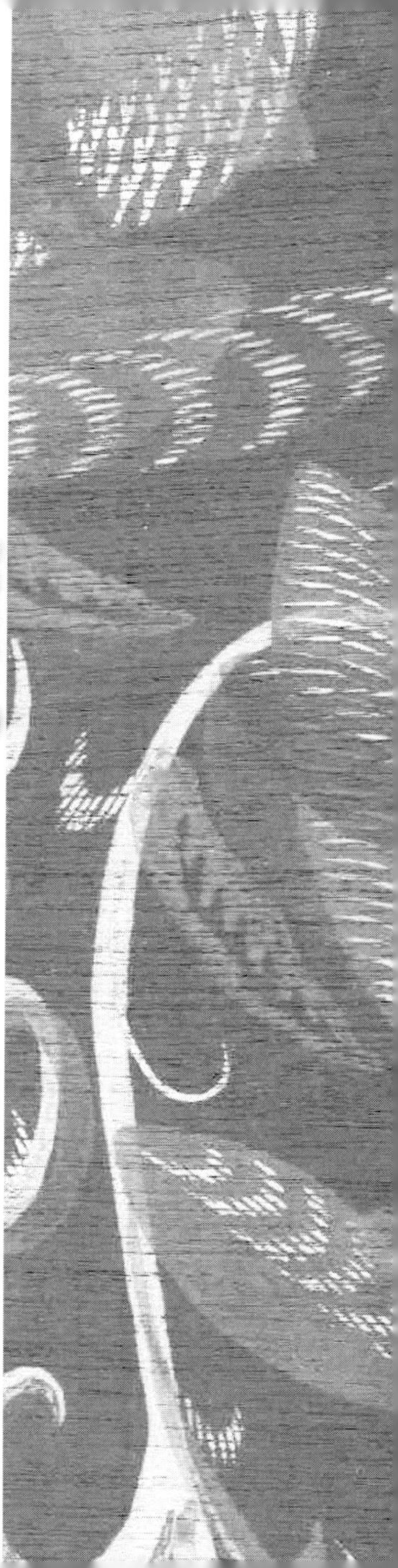

もうこの山の上で死ぬだろう、向こう側は見られないにちがいない。二時間も歩きつづけたせいか、突然わき腹に激しい痛みを感じた。以前テレビで見たように深呼吸を繰り返すが、一向によくならない。痛みのほかに思い浮かべられるものといえば、数週間前に急性虫垂炎の手術をしたニューヨークのルームメイト、ミッシェルのことだ。こんな人里離れたハイチの山のなかで、もし盲腸だったら？　いちばん近い村ですら、遠くの谷底に砂粒のようにしか見えない。

途中、狭い山道を外れて、焼けつく真昼の太陽をしのごうと、風でアーチ形にゆがんだ高い木の陰に入った。アリ塚へと続くアリの列を避けて、小さな石ころの散らばる地面に仰向けになって目を閉じる。真っ青な空も、延々と続く岩だらけの山々も、一瞬忘れたかった。

父の妹、つまり叔母のエスティナを訪ねるのが目的だった。十年前にニューヨークに移り住んで以降会っていない。その二十五年前にデュバリエの恐怖政治のなかで両親を失った当時の自分はまだ少年で、ポルトープランスに住む叔母のエスティナに育てられた。ニューヨークへ出た後、叔母は学校の休みによく連れて行ってくれていた山の家に引っ越した。思えば、一人で村を訪ねるのは初めてだった。もし叔母が一緒だったら、もっと早い時刻に出発していただろう。夜明け前にポルトープランスのターミナルからバスに乗車し、真昼の日差しを避けて夜明けとともに登りはじめたはずだ。もし来るのを知っていたら、ロバを雇うか、中間まで近道を知っている地元の子どもを迎えによこしたにちがいない。日除け用の帽子と、数時間前に飲み干してしまった水も二本以上は持ってくるよう助言していたことだろう。

いや、でも今回は叔母を驚かせたかったのだから、これでいい。もっとも、いまいちばん驚いているのは、道に迷って死にそうになり、死んだら骨になってハゲワシにつつかれるかもしれない自分自身だった。

しばらくして目を開けると、太陽の光がふたつに割れて顔を照りつけていた。よくみると、大きなサグアロ・サボテンの隙間からハート型や海星《ヒトデ》型、円型の光がちかちかと揺れている。

手を伸ばし、針山のような、乾いた草原のようなサボテンの分厚い幹に触れてみる。根が地中深く入り込んでいるのは、できるだけ多くの雨水を吸い上げるためだと叔母が教えてくれたことがあった。トゲのずっと上には、コバルトブルーの小さな花が咲いている。引き抜いて持って行きたかったが、叔母に叱られるにちがいない。サボテンの花の命はほんの数日、すぐにしおれて枯れてしまう。短い命を楽しませてあげなければ。叔母はそう言っていた。

わき腹の痛みも少し治まってきたので、立ち上がって歩き出そうとした。叔母の家まではいろいろな行き方があったが、大きなサグアロ・サボテンを見て、この道でまちがいないと確信する。

まもなく、村に到着した。子どもたちに取り囲まれて、少女がすり鉢とすりこぎで何かを粉にしていた。すり鉢の下の地面は浅く凹んでいた。

彼の姿を見たとたん、少女は手を止めた。周りの子どもたちも、一斉に同じような顔を向ける。

「こんにちは《ボンジュー》、いとこたち《クザン》」小さいときに叔母が教えてくれた挨拶だ。両親はいなかったけれども、村の子はいとこ、大人はおじやおばだと思いなさい、と。

「こんにちは」と子どもたちは返した。

「ご機嫌いかが《キジャンウィエ》？」年上そうな女の子がしっかりした口調で付け加える。

「水を少しもらえるかな？」この子に頼めば間違いないと思って聞いてみた。

少女は隣にいた次に年長の女の子にすりこぎをわたすと、石灰岩でできた家に入っていった。それを見て背中のリュックサックを勢いよくおろし、地べたに崩れこんだ。素足に当たる土は、まるで短パンとTシャツを着たまま川にでも飛び込んだようにひんやりしていた。

家の後ろから小さな男の子が飛び出してきた。子どもたちが周りを取り囲むようにすわり、リュックサックをさわろうとする子もいる。

一番年上の女の子が、片手にコップ、もう一方の手には土製のポットを持ってもどってきた。コップに注いでもらっている間、一瞬うろたえる。まさか水もこの少女も、あまりののどの渇きによる幻想ではないのか。コップをわたされると一気に飲み干し、ポットが空になるまで何度もお代わりをした。

まだ欲しいか、と少女。

「いや《ノン》、もうけっこう。ありがとう《メッシ》」彼は答えた。

少女はコップと土のポットを返しに家に入っていく。

子どもたちは、話しかけるのは恥ずかしいけど見ずにはいられないといった具合に、じっとこちらを見つめている。少女が帰ってきて、さっきまでいたすり鉢のところに突っ立ったまま、どうすればいいかわからない様子だ。

そのとき、やまがたな《マチェーテ》と麻袋を手にした老人がひとり、家と道を隔てる竹でできた門のところまで出てきた。さっき飛び出してきた小さな男の子も一緒だ。

「やぁ、こんにちは」老人が言った。

「こんにちは、おやじさん。のどが渇いて死にそうなところを、お孫さんが水をくれたんです」

「孫?」老人は笑った。「あれは娘だよ。わしはそんなに老けて見えるかい?」

抜け落ちた歯、熊のような白いあご髭、長い人生を物語るしわだらけの顔。どれをとっても老人にしか見えない。

老人は手を伸ばして、三本ある家の柱のうちの一本をつかんだ。そして、しばらく何も言わずにたたずんでいた。子どもたちが水の入ったひょうたん——さっきの土製のポットは明らかに来客用のようだ——と椅子を二つ持ってくると、老人はパイプに火をつけ、白い煙を吐きながら言った。「おまえさん、どこまで行くんだい?」

「叔母に会いに。叔母のエスティナ・エステームに会いに行くんです」彼は答えた。「ブージューに住んでいます」

　老人はくわえていたパイプをはずして、あご髭をさわりながら言った。

「エスティナ・エステーム？　あの、ブージューのエスティナ・エステーヌのことか？」

「あのエスティナに」　口ぶりからすると、そう遠くはなさそうだ。

「おまえさんの叔母だとか言ったな？」

「はい。ご存知ですか？」

「知っているかだって？」　老人はすかさず返した。「ここには知らないものなどひとりもおらんさ。わしの爺さんのノジアルと彼女の爺さんのドルムーズはいとこ同士じゃ。親父さんの名前は？」

「父はマクソ・ジャン・ドルムーズです」　彼は答えた。

「火事で奥さんと一緒に亡くなったあの？」　老人がたずねた。「ふたりには男の子がひとりおったな。あの火事でエスティナも危うく命を落とすところだった。その子だけが無傷で助かったんじゃ」

「ぼくが、その子です」　胸が張り裂けそうになるのをこらえながら言った。こんなに早くその話になるとは思ってもみなかったからだ。両親の死については、叔母に会ってからゆっくり聞こうと決めていた。

　真っ昼間から怪談話を聞くような目で、子どもたちが近寄る。

「あれからもうずいぶん月日がたったが」と老人。「今でも悲しくてたまらん。そうか、よくエスティナに連れられてここに来ていたあの男の子はおまえさんだったのか？　何年かしてニューヨークへわたったという？」

火傷の痕を探すように頭のてっぺんからつま先まで眺めてから、老人は子どもたちに向かって言った。

「しっしっ！　おまえたちが聞くような話じゃない」

蜘蛛の子を散らすように子どもたちは走り去り、年長の女の子はまたすりこぎを手にすり鉢をすりはじめた。

老人は椅子から立ちあがって言った。「一緒に来なさい。エスティナのところに連れて行ってあげよう」

エスティナ・エステームは、ライム色の緑に囲まれた二つの山と大きな滝の間にある谷に住んでいたが、滝からは心地よい霧がバナナの林に吹きつけていた。林に隠れるように、小さな家と先祖の灰色の墓が一〇ばかり、ひっそりとたたずんでいる。家を見たとたん、叔母の家だとわかった。斜めのトタン屋根に木造。ほとんど変わっていない。叔母が植えたバナナは生い茂り、昔よりも緑でさらに密集していた。庭はオレンジとアボカドの木でいっぱいで、いま通り抜けてきたばかりの不毛の山々からすればまさに奇跡のようだった。

庭に入っていくと、雄鶏や雌鶏の群れが逃げ回って、墓石の上に飛び乗った。

擦り切れた古いスカートとブラウスのかかった物干しざおを横目に、入口へと急ぐ。戸が開いていたので、老人や途中エスティナのたったひとりの甥っ子だと聞いてついてきた村人らを後に家に駆け込む。

狭い部屋のなかには、薄青色のシーツのかかった小さなベッドがひとつ。近くには水の入ったひょうたん。夜中にのどが渇いたら、ベッドから起きずに飲もうと思ってのことだろう。ベッドに下には陶器の尿瓶《しびん》と日曜ミサ用の洋服と帽子、それに靴の入ったかごがあった。

老人が後ろから覗き込んで言った。「いないのか?」

「いませんね」と彼は答えた。

叔母の家まで案内してくれたことに感謝しながらも、だんだん老人にいらいらしてくる自分。

家の外に出ると、庭には一〇人は優に超える人びとが集まっていた。二、三人は見覚えのある顔だったが、名前は思い出せなかった。皆寄り添って、こっちのほうを指さしてひそひそとしゃべっている。何人かは大声で話しかける。「ダニー、わたしのこと忘れたの?」

歩み寄って、女性にはキスを、男性には握手をし、子どもたちの頭を撫でた。

「すみません、叔母はどこにいるんでしょう?」人びとに呼びかけてみる。

「すぐにもどるわ。いま呼びに行かせたから」と女性のひとりが答えてくれた。

叔母が間もなく来ることがわかると、できるだけその場にいる村人たちに気を遣おうとした。

ニューヨークに出て行ったきり、村のことを忘れ、約束した時計やネックレス、ラジオも送ってよこさないと不平を言う者も少なくなかったからだ。少年の口約束が真剣に受け止められていたことに驚きつつ、苦しい言い訳を並べ立てる。「ニューヨークでお金を稼ぐのはそう簡単なことじゃなくて…　ポルトープランスへ引っ越したとばかり思っていたもので…　住所がわからなかったんです」

「おれたちがどこへ行けるっていうんだい？」　ひとりの男が言い返した。「おまえほど幸運じゃないんだから」

そのとき、名を呼ぶ叔母の声が聞こえ、救われた気分になった。人垣が割れ、ワンピース姿の叔母が姿を現す。ずんぐりとして上品な雰囲気は変わっていない。大きな丸い顔、絹のような真っ黒な肌、美しく刻み込まれたしわ。叔母は二人の村人に両脇を抱えられている。からだを引き気味にして、両手でこちらを探しているようだった。叔母は目が見えないことを、うっかり忘れるところだった。両親の命を奪った火事で叔母も失明したのだ。

人びとが道を開けてくれたので、叔母の腕のなかに駆け寄った。叔母はしっかりと抱きしめ、両頬にキスをした。

「ダニー、おまえなのかい？」　確かめるように背中と肩を叩く叔母。

「わしが連れてきてやったんじゃ」と老人。

「ゾー爺さん、何かあるといつもあんたが出てくるねぇ？」　冗談交じりに叔母が言う。

「その名の通り」　老人は答えた。「わしはどんなシチューにも合う骨《ゾー》なんじゃよ」

一斉に大笑いする村人たち。

「さぁ、ここは暑いからうちのなかに」と叔母。

足元の邪魔なものはそのままに、叔母の手を引いて入口に向かう。なかに入ると、叔母はベッドの端にすわった。

「ダー、さぁここにおいで。おまえが来てくれたおかげで若返ったよ」と叔母がうれしそうに話す。

「元気だった？　本当に？」横に腰を下ろしながらたずねる。

「元気だよ。本当に」と叔母。「ポポはそうは言ってなかったかい？」

もう何年もの間、ポルトープランスにいる幼馴染のポポにいくらか払って、月に一度叔母の様子を見に来てくれるように頼んでいた。必要なものは何でも買ってやってほしいと現金を送る代わりに、ポポがニューヨークまで報告の電話をかけてくることになっていた。

「いや、ポポは何も」彼は答えた。

「じゃ、いったいどうしたんだい？　おまえに会えるのはうれしいけど、突然で驚いたよ。何か悪いことでも起きたんじゃないかってね」そう言うと、叔母は顔を手でさわりながらまたキスをした。「もしかして、追い出されたのかい？」不安そうな叔母。「この村にも送り返されてきた子らが何人かいるよ。多くはクレオール語すらしゃべれない。親類がいるって理由だけで来たんだよ。ひとりはそう遠くないところにいる。連れて行ってあげるから、話し相手になってあげなさい。アメリカ人同士なんだから」

「まだ出歩いてるの？」

「迎えにさえ来てくれりゃあね。ひとり若い女の子がいてくれてね」叔母は答えた。

「まだ産婆の仕事を？」

「手伝い程度だよ。おまえも知っての通り、あたしゃこの山の隅々まで知っている。新しい木が生えれば、すぐわかる。赤ん坊も同じ。目が見えた頃とまったく同じように赤ん坊は生まれてくるのさ」

「本当はもっと早く来たかったんだけど」叔母はまるで木の枝がこすれ合うように指を閉じたり開いたりしている。両親の家の爆発で起きた火事で、両手にも火傷を負ったのだ。月日とともに傷跡はだんだんと消え、いまではすっかりわからない。

「いつか帰ってくるだろうとは思っていたけど」と叔母。「でも、それならそうと、どうして知らせてくれなかったんだい？」

「うん。でも、急に思い付いてきたわけじゃないんだ。どうしても話したいことがあって」

彼は答えた。

「何のことだい、ダー？」叔母は指を組んだりほどいたりしている。「とうとう結婚するのかい？」

「いや、そうじゃないんだ。奴を見つけたんだよ、ニューヨークで。パパとママを殺し、叔母さんの目を見えなくしたあいつを」

ちょうどそのとき、ゾー爺さんが入ってきた。いい機会だと思ったのか、まったくの偶然か、それともただのお節介なのか。例のすり鉢の少女も一緒だ。少女は覆いをかけた食べ物か何かの皿を抱えている。

「元気の出そうなものを持ってきたぞ」爺さんはダニーに向かって言った。

叔母は邪魔されたことを気にするようでも、いら立つ風でもなかった。爺さんと少女を追い返すこともできたのにしなかった。かわりに、隅の古いテーブルに置いてくれるように言った。少女は静かに置くと、ダニーの視線を避けるように出て行った。

「二人とも腹ペコだといいんじゃが」突っ立ったまま、老人は言った。「みんなも何か持ってくるじゃろう」

その日の午後は、食べ物を運ぶ人でひっきりなしだった。ふたりは一口だけ食べ、残りは村人全員に振る舞った。

村人が皆帰り、叔母と二人きりになれたのはもう夕方近くだったが、ダニーの話にはもう関心なさそうだった。ダニーはベッドに寝るように言われたが、叔母が横になると言って床に敷いた麻の敷物に寝ることを譲らなかった。

叔母はダニーより早く寝就いた。夜中、夢を見ていたのだろう。笑ったり褒めたり、約束をしたり怒ったり。「いいかい、あんまり遠くへ行っちゃだめよ。すぐにもどって来るんだよ。

なんて丈夫な赤ん坊だい！　そのうちドレスを縫ってあげるよ。コーヒーはいかが？」　すると今度は急に起き上がり、自分を叱りつける。「エスティナ、子どもが起きちゃうじゃないか！」　そして、また夢のなかへともどっていく。

　真っ暗闇のなかで叔母の寝言を聞きながら、血筋かどうか、叔母にも自分と同じ夜行性癖があるのに気づく。二人とも寝小便ではなく言葉でベッドを湿らせるパラニット、つまり夜話者《ナイトトーカー》だということ。夢を見て夜中に大声で叫んだり、自分の声で跳び起きたり。いつも最後の言葉しか覚えてはいないが、一晩中しゃべったり笑ったり泣いたりした余韻は必ずしっかり残っている。


　次の朝、目を覚ましたときにはもう叔母は起きていた。ゾー爺さんの娘がずっと手伝ってくれるようで、朝食はすでにポーチに用意されていた。叔母は落ち着かない様子で、なかなか起きてこない自分を待っていた。

「顔を洗っておいで、ダー。待ってるから」　そう言って、タオルをくれた。

　滝の下の川原に降りようとしたとき、朝露に濡れた低木で足首をひっかいた。足を浸けると水は氷のように冷たかったが、夜が明けたことを祝うかのように筋肉が引き締まって心地よかった。

　父もこの水に足を浸けただろうか？　叔母の所へ遊びに来たとき、両親もまたいまいるこの

場所で沐浴をしただろうか？　小さいときの情報も記憶もほとんどなかったので、機会あるご
とに親の人生を想像することが多かった。しかし、近頃ではむしろ、生き方ではなく死に方が
気になって仕方がない。
　そのとき、女たちがひょうたんとプラスチック製の水入れをバランスよく頭に載せて降りて
きた。これから沐浴して、こぼれそうなくらいいっぱいの水を汲んで運ぶのだ。少年の頃、女
たちが上半身裸になり、まるで夜の垢をひとつ残らず洗い落とすようにからだをこするのを何
時間も眺めていたのを思い出す。石鹸をつけたミントとパセリの葉でからだをこするたびに、
乳房がゆらゆらと揺れた。

　家にもどると、訪問者がいた。背の低い、屈強なからだつきの少年だ。こわばった顔で笑い
ながら、手が痛くなるほどの握手をしてくる。たくましい腕には、肘から手首にかけてトラン
プのキングとクイーン、それに中国語の刺青がしてある。片目のジャック、ギリシャ神話のヘ
クトル、円卓の騎士の一人ランスロット、古代ユダヤの女傑ユディト、ヤコブの妻ラケル、フ
ランス王シャルル七世の王妃マリー・ダンジュー、それにギリシャ神話のオリュンポス十二神
の一人アテーナーが、すべてミニチュアの赤と青のインクで茶色い肌に刻み込まれていた。
「クロードを呼んでおいたよ」もどって来たことに気づいた叔母が言った。「昨日話した、送
り返されてきた子の一人さ」
　クロードは家の階段のいちばんうえに叔母と並んですわり、ゾー爺さんの娘が入れたコー

ヒーにパンを浸している。

「クロードはクレオール語がわかる。少しだけどしゃべれるようになった」と叔母。「でも、英語をしゃべる相手がいないんだ。話してやっておくれ」

おそらく十代後半のようだが、この若さですでに二回も国を追われるとは。故国ハイチからと、移民先アメリカからの二回。クロードの隣にすわると、ゾー爺さんの娘がコーヒーとパンをくれた。

「いつもどって来たんだい？」

「もうずいぶん前さ」とクロード。「もどらなかったら、もっとひどいことになってたかもしれない。ポルトープランスで残飯あさって、通りで寝てたかも。でも、ここの連中みんなクールだ、とくにあんたの叔母さんなんか。何かとオレの面倒を見てくれる」

そう言って、「面倒」という言葉が彫り込まれているかのように、がっしりした腕をピシャッとたたいた。

「最初もどって来たときは、きっと的《まと》にされると思ったよ。石でも投げつけられるんじゃないかって。麻薬の餌食とかじゃなくて、文字通り石の的さ。ニューヨークからもどって、行く場所がないから最初の三ヵ月はポルトープランスの刑務所。何の連絡もよこさなかった母親が急に迎えに来て、ここに連れてこられたってわけ」

両手で顔を覆ってすわっている叔母の真っ白な髪の毛は、まるでクチナシの花の冠をかぶっているようだ。素晴らしい音楽のなかに言葉では表せない本質を聞き取ろうとしているかのように、二人の話に聞き入っている。叔母がうれしそうだったので、もっとしゃべりたい、何か話題になるようなことはないか考えた。たわいのない話でも詩でもいい。何かないか。

「じゃ、いまは何とかやってるのかい?」クロードにたずねる。

「ずいぶん苦労したけど、ようやく慣れたよ。屋根があって、地獄のように静かで。厄介なこともないしね。あんたが叔母さんに会いに来たってのもクールなことさ。近所の連中に誰かニューヨークから来たって聞いてたから。英語をしゃべってやってくれと頼まれたときにはピンときたんだ」クロードは答えた。

それから手を伸ばして、地面の小さな石を拾った。こいつなら石ころくらい指で簡単にひねりつぶせそうだと思った。クロードはジャグラーのように石を空中に放り上げては受けることを繰り返す。「しかし、あんたが叔母さんやここの連中のことを忘れなかったってのは大したもんだよ。オレももっと密に連絡を取っておけばよかったなぁ。そうすれば、もどって来たときもあんなにギクシャクしなかっただろうから。ここの連中はオレのことをろくに知りやしないんだぜ。顔だって見たことなかった。写真ですらな。親戚だから受け入れてほしいとお袋が頼み込んだんだ。いくら連中の顔を眺めたって、似てるところなんぞありゃしない。ゼロさ。でも、やつらはオレの顔を見ては鼻がどうだこうだ、おでこは婆さんそっくりだなんてぬかしやがる。まったくくだらねぇ」受けそこねて、小石がひとつ地面に落ちた。拾おうとはせず、他の石も投げ捨てて彼は言った。「パズルみたいなもんさ。数奇な運命のパズル。オレはパズルで、連中はオレを何とか組合わせようとしてる。オレの知らない、知りたくもない小さいときのことや家族の話をしてな。もしいますぐブルックリンに帰れたら、あんなやつら笑い者にしてやるのに。時代遅れもはなはだしい田舎者だってね。でも、オレはこのざまだ」

叔母はときどき笑みを浮かべながらクロードの英語を夢中になって聞いていた。どれだけ朝日がその瞳を照らしても、光がなかに届くことはなかった。光を反射させるのではなく、吸収するプリズムのような目。

「正直、ここが好きだとは言えない」クロードは話を終えようとしていた。「だけど、うまく行ってる。ここはオレの命を救ってくれた。ここにいると安らげるし、家族も平穏だ。オレは変わった。刑務所に入って心を入れ替えた。国外退去さえさせられてなかったら、オレはもっといい人間になってたはずなんだが」

「まだチャンスはあるさ。まだ何かできるはずだよ。ここに帰ってきたのも縁があったから。きっといいことがあるよ」つい心にもないことを言ってしまう。

そろそろクロードのつまらない言い訳や反省のない態度に付き合うのも疲れてきた。

「いつまでいるんだ?」クロードがたずねた。

「まぁ、しばらくの間さ」とダニー。

「何かしたいことは?　この辺にはもうすっかり詳しくなった。頭をすっきりさせるために歩き回ってるんだ。どこでも案内するぜ」

「ぼくもよく知ってるよ。わからないときは叔母に――」

「叔母さんは目が見えないじゃないか」とクロードがさえぎる。

「いや、見えるさ。心の目はよく見えてるんだよ」

「そりゃクールだ。オレに何かできることがあれば言ってくれ」

会話はぶっきらぼうに終わったが、クロードは満足げに帰って行った。英語を話す相手が見つかって、これまでの人生を余すことなく語り尽くしたのだから。

クロードが去ったあと、ゾー爺さんの娘が空になったコーヒーカップを取りに来た。しばらく目の前に突っ立っていたが、たまたま手がダニーの指に触れた。見た目以上に年を取っているかもしれないと思った。二十、いや二十五か。でも見た目は十二くらいだ。いったいどんな人なんだろう？　ゾー爺さんの庭で見た子どもたちは息子や娘たちなのだろうか？　夫は？　都会にいる？　それとも死んだのか？

いちいち慎重になり過ぎてしまって、娘は立ち去るのをためらっていた。やっと立ち去ると、叔母が聞いてきた。「クロードがどうして刑務所に入っていたか、おまえ知ってるかい？」

「いや、何も言わなかったよ」

「まわりの連中がなんて言ってるかは？」

「なんて？」

「父親を殺したんだって」

その日の夜、叔母と話をしている夢を見た。クロードと話していたときのように、ふたりで階段にすわっている。話は両親が亡くなった日のことから始まった。

自分はまだ六才、父親はポルトープランスで働く庭師。爆発があった夜、両親とブージューから遊びにきていた叔母とで家にいた。突然、外で大きな物音がした。まず父親が飛び出し、続いて母親。ダニーも出ようと思った瞬間、銃声が聞こえた。叔母に止められ地面に伏せたが、振り払って外へ出た。

木製のポーチはすでに火の海だった。煙がすごくて両親の姿が見えない。やがて、父親に覆いかぶさるように地面に倒れている母親の姿が見えた。

振り返ると、入口のドアに火の手。すぐに庭からもどって、叔母の名を必死に叫ぶ。

「おい、静かにしろ！　さもないとお前も撃ち殺すぞ」　通りから誰かの声がする。

富士額でサッカーボールのような顔をした大男だった。車のドアを開けて拳銃を振りかざしたあと、そいつは走り去った。そのとき、叔母が咳込みながら這い出してきた。すでに目は見えなくなっていた。

夢のなかで叔母が言う。「そう、あのときはこうだったんだよ、ダー」　そして、ゾー爺さんと娘が入ってくる前にダニーの口から話を詳しく聞こうとする。「ダー、おまえはその男をニューヨークで見たって言ったね？　まちがいないのかい？」

両親を殺した男。そいつはいまニューヨークで床屋をしている。奥さんと成人した娘がいて、よく行き来をしているようだ。仕事仲間の話では、床屋は店の地階のアパートに住んでいるらしい。アパートの部屋を探すふりをして床屋に行ってみた。あいつにまちがいなかった。燃え盛る家の前で拳銃を振りかざしてから車で走り去ったあの男。

「もう何年も経っているんだよ。本当にそいつなのかい？」夢のなかの叔母は言う。

ダニーは床屋の地下の空き部屋をひとつ借りた。何ヵ月も眠れなくて、週末はナイトクラブに行って時間をつぶした。髪を切りに床屋にも定期的に通ったが、行くのは決まって開店直後の早い時間だった。椅子に腰かけては、すっかり痩せてしまった男を見つめる。男はラジオをつけ、床を掃除して、道具を並べてから椅子にすわるよううながす。胸に黒いシーツをかぶせられ、頭にバリカンの筋が入るにつれて、心臓が激しく鼓動する。その間、ずっと壁に貼られた選挙ポスターや、一度も選んだことのない髪型のサンプル写真などを眺めながら、「できるだけたくさん切ってほしい」と頼む。

床屋は一切会話をしない。「地下部屋の住み心地はどうだい？」なんてことも聞いてはこない。あのときの耳障りな怒鳴り声とは打って変わった穏やかな声で、たった一言だけ。「髭は剃りますか？」

髭剃りを断ったことはない。顔を間近で見られるチャンスだからだ。そのうち床屋の手があの日のことを思い出して震えだすのを期待したが、震えるのは自分のほうだった。額と首から汗が噴き出し、あごのシェービングクリームが流れ落ちる。床屋はナプキンとタオルを出して、カミソリが滑るといけないのでじっとしているように言う。

二日前の夜、ずっとうかがっていた機会がついにやって来た。妻が教会の集まりに出かけて床屋一人になったのだ。懐中電灯を片手に、壊れかけた階段を昇って行く。目指すは床屋の寝室だ。

「それでどうしたの？」と夢のなかの叔母。

黙って立ったまま、耳をすます。床屋はいびきをかいている。低く始まり、高く終わるいびき。額に顔を近づけ、いますぐにでも起こして死ぬほど驚かせてやりたかった。小さい頃、首を絞められた政治犯が、顔が充血し目が飛び出す悪夢に毎晩うなされる話を聞いたことがあった。床屋にも同じ思いをさせてやりたい。枕を口に押し付けてもいい。単純に起こして、「いったいどうしてあんなことをした？」と問い詰めるのもいいだろう。

しわが増えた床屋の顔を見下ろしているうちに、殺したいという気持ちは薄らいでいった。怖かったからではない。頭は真っ白で恐怖などまったく感じなかった。憐れんだわけでもない。憐れむには、怒りがあり過ぎた。何か別の、はっきりとは計り知れない理由のせいだった。それは自分が悪人になってしまうことに対する、または悪人を罰することに対する、あるいは悪人の妻を未亡人にし、子どもを孤児にしてしまうことに対する恐怖だったのではないか。たとえそんな男であっても、その人生をズタズタにできる権利など誰にもないということの悟りだったのかもしれない。

ダニーはまた震え出した。からだじゅう汗だらけで男の部屋を出る。地下の部屋にもどって電話でポルトープランス行きの航空券を予約しているときも、やつは何年経っても自分を撃ち殺すと言ったあの夜の約束を果たすのではないかという恐怖に襲われつづけた。

自分の話す声で、ダニーは目を覚ました。ベッドからからだを起こした叔母のシルエットが暗闇に浮かび上がっている。ベッドから起き上がって、尿瓶に用を足そうとしているようだ。

「両親の夢を見ていたのかい、ダー？ 名前を呼んでたよ」そう言うと、叔母はからだを曲げて尿瓶をはずし、ベッドの下に仕舞い込んだ。

「ああ、そう？」自分では床屋の名前を呼んでいたつもりだった。

「両親の名前を。ついいままで」と叔母。

まだ生々しさが残っていた。燃え盛るポーチ、父と母が起き上がって火を消してくれることを祈る自分。庭で見た猛スピードで走り去る床屋の車。盲目のヘビのように腹ばいで這い出してくる叔母の姿。ブルックリンのアパートに忍び込んだときの床屋の寝顔。もう二度と聞けない母の声と父の笑い声が叔母の声に重なる。

「ごめん、起こしちゃったみたいだね」そう言いながら、ダニーは手の甲で額の汗をぬぐった。

「おまえが何の話をしにここに来たのか、もっとちゃんと聞いてやればよかったね」うわずった叔母の声が暗闇に響く。「山を歩いている途中で、大事なものを失くしちまったみたいなもんさ。でも、おまえはまだ若くて強い。いまからでも探しにもどれる。あたしゃ、もう無理だけど」

叔母がふたたび横になり、ベッドのきしむ音がした。

「エスティナ《タント》叔母さん《エスティナ》」ダニーは小さな麻のマットに横になりながら話しかけた。

「なんだい《ウィ》、ダー」

「父さんや母さんは政治にかかわってたの?」

「またそんな、ダー」はぐらかすように言う叔母。

「お願いだから本当のことを教えてよ」

「みんなとおんなじくらいさ」

「どういう意味?」

「悪いことは何もしちゃいないってことさ、ダー。何ひとつもね。わたしだって兄さんの秘密を全部知ってるわけじゃないけど、おまえのとうさんはきっと誰かに間違われたんだよ」

「誰に?」すかさず聞くダニー。

「わからない《ムパコネン》」と叔母。

きっとルバンかフィルマンという名前があがるだろうと思っていた。

「誰に間違われたの？」もう一度、ダニーがたずねる。

「わからない《ムパコネン》」と繰り返す叔母。「本当にわからないんだよ、ダー。もしかすると、あたしたち皆の身代わりになったのかもしれない。人を殺すと、殺された人間の知識も何もかもが手に入るという迷信もあるしね。やつらはそれを手に入れたかったのかもしれない。あたしにはわからない、ダー。疲れたから、もう寝ていいかい？」

そうさせてあげよう。またいずれ機会もあるだろう。ふたたび眠りに就いた叔母は小さく寝言を言ったあと、静かになった。翌朝目を覚ますと、叔母は亡くなっていた。

最初に悲鳴を上げたのはゾー爺さんの娘だった。叔母の死が渓谷中に響きわたった。叔母の亡骸の傍ら、ダニーは急に激しい腹痛に耐えかねてベッドの端にかがみこんだ。ゾー爺さんの娘が近所の人よりも早く駆けつけ、お茶を沸かして飲ませてくれた。が、何の効果もない。効果があろうとも思っていなかった。ただ、精神的な辛さを肉体で紛らわすという意味では、ありがたい痛みだった。

娘の声を聞きつけて、村の女たちが集まりはじめる。そのとき初めて、娘の名前または呼び名を知った。ティファン、小さな娘という意味だ。女たちは繰り返しこう呼んだ。

「どうしたんだい、ティファン、ティファン？」

「ティファン、ばあさんは寝てる間に死んじまったのかい？」

「それとも倒れたのかい、ティファン？」

「ティファン、苦しんでたかい？」

「ティファン、でも元気だったのに」

ティファンは落ち着いたしっかりした声で答える。「もう年だったから、いつこうなってもおかしくはなかったわ」

女たちはあえて声をかけてはこなかった。聞かれても、どう答えていいか。真夜中にあの話をしてから、叔母は眠りに就いたはずだ。前日よりも遅く目を覚ますと、叔母はまだ目を閉じ、両手を前に組んで横になったまま。あわてて脈を取ったが、脈はなかった。顔を鼻に近づけるが、息もしていない。部屋を出ると、表の階段に朝食の準備に来たティファンがすわっていた。すでに腹痛は始まっていた。ティファンは部屋に入り、叔母の異変に気付いて叫び声をあげた。ニューヨークのストリートでよく耳にするサイレンくらい大きな声だった。

すぐに叔母の家には村人が押しかけた。代わるがわる叔母にまだ息がないかどうか確かめ、その兆候がないと見るとすぐに埋葬の手配に取りかかった。弔問の家の印として玄関に飾る経かたびらに使う紫のカーテンを探しに出ていく人びと。遺体を洗うための新品のたらいを取りに出る人びと。からだを洗った後に着せる服を叔母のベッドの下のかごから選ぶ人びと、棺桶を作ってくれる大工探しに出かける人びと。

そして、ダニーの面倒を見る男たち。

「ショックだっただろうな」と男たちは互いに話している。

「口もきけないほどらしい」

「遺体のほうを向くこともできやしない。床ばかり見てる」

「お腹が痛いのよ」ティファンがさえぎる。

一緒に運んできてくれた塩入コーヒーを、一気に飲み干す。

「横になったほうがいいんじゃないのか？」男のひとりが言った。

「でも、どこに？　遺体の隣というわけにはいかないだろ」と別の男。

「ばあさんが死ぬのをダニーはわかっていたんじゃよ」ひときわ大きく響くゾー爺さんの声。

「はるばるやって来たんじゃから。血は水よりも濃い。死に目に会わせるためにばあさんが呼んだんじゃ。知らぬ間に亡くなっていたらもっと悲しかったはずじゃろう、両親のときのように」

クロードと同じでダニーも英語しか話せない、クレオール語がわからないと思って、村人たちはあれこれ勝手な話ばかりしていた。早く腹痛が治まってくれ。そうすれば、ベッドから立ち上がって甥として何か指示できる。少なくとも手伝いくらいは。でも、いまいちばん望むのは、子どものときよくそうしてもらったように叔母の胸に顔をうずめ、腰に両手で抱きついて横になることだった。自分と叔母以外は全員がしゃべれるというこの異様な夢から目覚めるまで、ずっと目を閉じていたかった。

昼には腹痛はだいぶましになったので、ゾー爺さんや男たちと一緒に墓穴を掘る作業に加わった。痛みは和らいだが、体調は悪くからだも重い。

ゾー爺さんによれば、明日の朝には埋葬の儀式にプロテスタントの牧師が来るとのこと。ゾー爺さんは隣村の教会へ遺体を運んできちんとミサをあげたがっていたが、叔母はここに埋められるのならそんな遠くにまで行きたくはないと思うにちがいない。

「もうすぐ棺桶の準備ができるそうじゃ。これでばあさんも安心して休めるじゃろ」ゾー爺さんが安堵するように言った。

ティファンと女たちは家のなかで叔母のからだを洗い浄めてから、去年のクリスマスにダニーがポポに頼んで送った青い服を着せていた。ノストランド・アベニューのショー・ウィンドウに飾られていたのを見て、そういえば叔母は青色が好きだったと思い出した。ラッピングはそのままで、着られた様子はない。

部屋を出るとき、ティファンが老女に錆びたハサミと服を手わたしていた。老女はハサミで服の裏地から小さく三つを切り抜いた。服に「印」を刻んでいる間、周囲の人びとは祈ったり、つぶやいたり、大声で叫んだりしていた。「エスティナ、これが最期の服だよ。誰にもわたさないで。たとえ死者のなかに裸の人間がいようと、これはあんたの、あんただけの服なんだからね。あげちゃいけないよ」

この最後の服の儀式については以前叔母から聞いたことがあったが、実際に見たのは初めてだった。両親の服には「印」が刻まれることはなかった。なぜなら、誰にも知られないよう急いで埋葬されたから。手には叔母の服から切り抜いた小さな布切れが三つ。髪の毛や爪を持ち歩く人がいるように、自分もこれを一生大事に持っていよう。そう心に誓った。


悲しみと歓喜の入り混じったブージューの通夜にはいつも困惑する。お茶を飲みながら悲しみに涙する人があるかと思えば、トランプやドミノに歓声をあげる連中もいる。しかし、出席者たちがめいめい死者に最初に会ったときと最後に会ったときの思い出話を話す伝統は、笑いあり涙ありでいいものだ。

村人たちが叔母の思い出話を語る。コーヒーを入れようとして、豆と土を間違えてこしてしまったこと、村で唯一の三つ子を母子とも無事に取り上げたこと。

「都会では出産のときにものすごい手術が必要なんだそうじゃ。でも、おれたちには医者なんぞ要りはせん。エスティナは何でも知っておった」

「ここにも一人、ばあさんがこの世に出してくれたのがいるぞ」そう言って、男が少年を前に押し出す。

「ここにも」別の誰かが言う。

「オレもそうだ」と叫ぶ若者。「かあちゃんは死んじまったけど、ばあさんがずっと母親代わりだった。生まれた瞬間を知ってるのは、かあちゃんとばあさんだけだもんな」

若い娘の嫁入り衣装に刺繍を縫っていたときも、どこへでも持ち歩き、どんな模様が相手の気に入るか、いつも考えていたという話。世に送り出したすべての赤ん坊のために刺繍入りの服を縫ってあげられるという理由で針子になりたがっていたという話。もし自分にも話す機会があれば、叔母が火傷の痕を湿布や薬草でずっと治療していたことも皆に知らせたかった。自らを犠牲にしてダニーのために人生を捧げてくれたこと、本当は叔母を残してニューヨークになんて行きたくはなかったこと、そして、両親を殺した犯人からできるだけ遠くへ逃げるように叔母が言い張って聞かなかったことも。


クロードは通夜が終わる間際にやって来た。皆疲れ果て、とくに何をするでもなくただじっとすわって前を見つめている。眠い目をこすりながら、夜風に紫色の経かたびらがなびくたび、通夜が現実のものであることを実感していた。

「このたびはどうも。本当にいい叔母さんだった。めったにいない人だったぜ。まったく残念だ」とクロードが話しかけてきた。

抱きしめるように前に出て、ダニーに大きなからだを覆いかぶせる。思わず縮こまって後ずさりするダニー。父親を殺したという話を聞いていたせいかもしれないが、どっちにせよ、からだに触れられたくはなかった。

クロードにもわかったようで、ポーチで呼ぶ男たちの方へ去って行った。

部屋にもどると、女たちが松の棺桶の周りにすわって叔母を見下ろしていた。自分はまだ長く見られる心境ではない。ここを出たあとの十年を叔母と一緒に過ごせたこの女たちがうらやましい。ここ二晩寝た麻のマットを、棺桶からできるだけ離れた部屋の隅へ寄せる。

いつこうなってもおかしくなかったとティファンは言った。叔母くらいの年齢になると、前の晩は元気に話していたのに翌朝ぽっくりなんてことは珍しくない。この目で見るまでは、信じられなかった。死というものは急で激しいものか、あるいは長患いの末の鈍くゆっくりしたものか、どちらかだと思っていた。ゾー爺さんが言ったことは正しいかもしれない。血は水よりも濃い。きっと叔母は安らかな死とはどういうものか、死者を弔うとはどういうことかを見せるために自分を呼んだのだ。床屋は両親を殺した犯人ではなくて、自分をここへと誘うために現れた亡霊だったのかもしれない。

どうしても眠れなかった。すぐ近くで叔母の遺体を見降ろす女たちのせいでも、ティファンが一時間ごとに腹痛に効くお茶を運んで来てくれるからでもなかった。

ティファン、小さな娘というニックネームは好きではなかった。口にするのがはばかられた。名無しの権兵衛のように、あまりに個性が無視された呼ばれ方だからだ。

「名前は？」最後にお茶を運んでくれたとき、彼女にたずねてみた。

一瞬驚いて、もっときつい煎じ薬のほうがよかったかもしれないといったそぶりを見せながら答えた。

「ティファン」

「いや《ノン》、そうじゃなくて本当の名前さ。君の本当の名前と苗字」

「デニーズ・オーグスト」と彼女。

叔母をずっと見降ろしていた女たちがその声を聞きつけて、こちらをちらりと見た。

「年はいくつ？」

「二十歳」

「ありがとう」ダニーは礼を言った。

「いいえ、どういたしまして」古めかしい丁寧な言い方だった。

ティファンはもう視線を避けることはしなかった。叔母を失った悲しみと腹痛、本当の名前を聞いたことが、二人の距離を対等なものへと縮めてくれたようだった。


目を覚まして外へ出ると、ポーチに敷いたマットの上で村人たちが眠っている。空には思いがけず満月がまだ残っていて、風のない穏やかな朝だ。遠くに滝の音が聞こえるが、慣れれば気にもならない。墓まで歩いて行って、シャツを脱いで墓石を根元からてっぺんの平らな部分、十字架までを一所懸命拭く。墓石はすでにきれいだった。男たちが叔母の墓穴を掘ったときに出た葉っぱや砂利やほこりをすっかり取り除いてくれていたが、それでもなおその後に積もったかもしれない塵ひとつすら払いのけたかったのだ。

「手伝おうか？」少し離れたところからクロードの声がした。

男たちと一緒に階段にすわっている。

ダニーはほこりだらけのシャツを投げ捨て、墓地のいちばん上に駆け上がって腰を下ろした。叔母はこの墓地のなかの、まだ空いているいちばん上の二つのどちらかに入るはずだ。

「さっきは悪かったな」ダニーが切り出した。

「いいんだ。こんなときはオレだって何を言われようが、されようが腹が立つに決まってる。おまえさんは痛みをこらえてるんだ。わかってるさ」

「痛みなのかどうか、当てはまる言葉が思いつかない。きっとどの言葉も当てはまらないよ」

「わかるよ。まったく最悪さ」とクロード。

たくましい筋肉と大きな刺青にもかかわらず、このときのクロードは波間に漂う難民か、スーパーで親にはぐれた子どものように、弱々しく見えた。あるいは、クロードのことをそう思いたかっただけかもしれない。クロードも怖くない普通の人間なんだと。

「親父さんを殺したってうわさだけど」ダニーは思い切って聞いてみる。

考えていたより軽く言葉が出た。クロードは両手をポケットに突っ込み、遠くのバナナの森を見ている。

「すわっていいか?」 クロードはダニーのほうを向いて言った。

「いや、聞くつもりはなかったんだ。第一、ぼくには関係ないし」とダニー。

「ああ、殺した」 クロードはいつものようにぶっきらぼうに答えた。「ここの連中はみんな知ってるさ。でも事故だったんだ。親父が死ぬほど殴ってきたもんだから、仕方なく刃向った。大嫌いだった、愛してると思ったことなど一度もない。どうでもよかったんだ。十四のときだ。麻薬をやってた。部屋に入ってきて、見つかった。でも、そいつはオレのじゃなかった。他人にわたすためのものだったんだ。オレは怒って取り返そうとした。ストリートで使う護身用の銃を持ってたから、脅して取り返そうとしたんだ。でも返してくれなかった。それでズドンさ」

クロードの口調には、思っていたような悲しさはなかった。他人のためはおろか、自分のためにすら悲しむことを知らないかのように。自分が殺したのであれ、他人に殺されたのであれ、早い時期に親を亡くすと、悲しむという感情は失せてしまうのかもしれない。

「お気の毒に」 ふさわしい言葉を探しきれないまま、ぽつりと言う。

「気の毒?」 クロードは手の甲であわてて涙の痕をぬぐう。「この世に生きている人間でオレほど幸運なやつはいないさ。天使みたいに生きなきゃなんて心を入れ替えるほど、ひどいことばかりしてきたんだから。未成年者じゃなかったら、ずっと刑務所だったはずさ。電気椅子送りにさえなってたかも。ポルトープランスの刑務所に空きがあるか、警察にもっと目をつけられていたら、きっといまでも何千人もの囚人と一緒に小さな檻のなかにいるはずだ。こんなところで話なんかしてなくてな」

クロードは両手を空中に突き上げ、薄く消えかかった星に向かって叫ぶように大声で言った。

「いままでにやったこと、味わったことすべてに引き換えても、オレはこの世でいちばん幸運な男だ。真似できるもんならやってみろ！」

叔母の埋葬まであと一時間ばかり。月はすでに薄く、昼の明るさのなかに消えようとしている。叔母のためにいまできること、それはこのままクロードをしゃべらせておくことくらいだ。大して難しいことじゃない。やつももうこの村の一員なのだから。クロードもまた、夜中に見る夢のなかで声を出してしゃべるパラニット、夜話者《ナイトトーカー》だった。やつが幸運なのはその悪夢を他人に話せるということ、しかも、夜だけでなく朝を迎えた後でさえも。クロードが話し終わる頃、月はすっかり消え失せていた。

針子の老婦人

The Bridal Seamstress

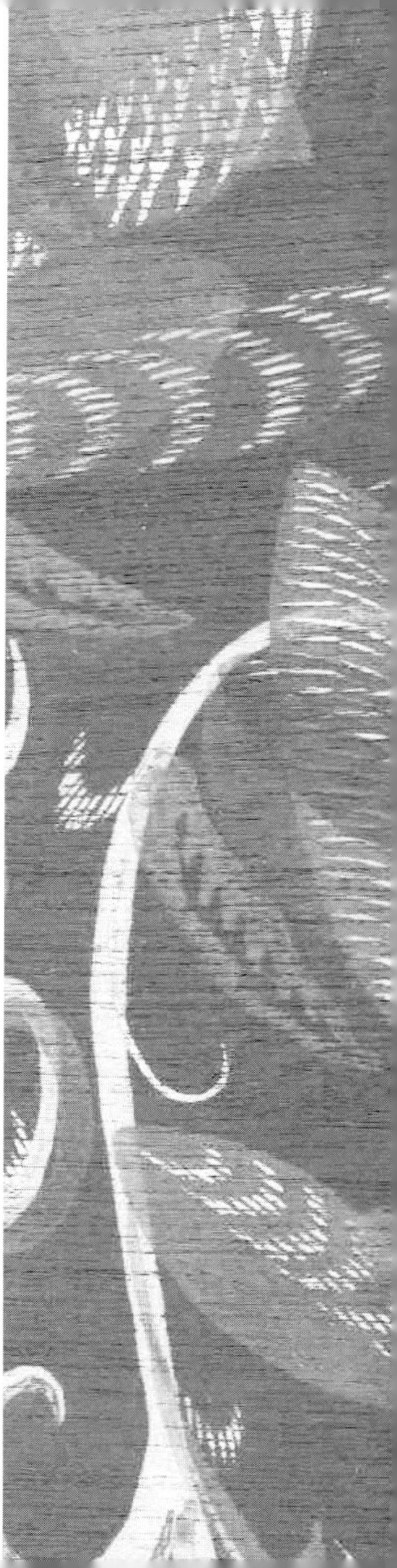

そのジャーナリスト見習いが、最後の日を迎える針子の老女のインタビューを取りにクイーンズのファーロッカウェイに到着したとき、ベアトリス・セイント・フォートは横になって昼寝の真最中だった。見習いは強烈な印象のハイチ系アメリカ人の若い女性。腰まで長い琥珀色のドレッドヘアー、鼻には丸い金のピアスをしていた。何度も玄関のドアを叩く。ようやく緑色のネルのガウンに兎のスリッパを突っかけたベアトリスが現れた。ドアを半分だけ開け、眠そうな目のベアトリス。小柄で蜂のように細いウエスト、肩は丸く、まるで下に落ちた物をずっと探していたかのように背骨が曲がっている。

「アリーン・カジュストです」と挨拶する見習い。「昨日お電話して、今日二時に来るようにと」

「あぁ」ベアトリスは弾丸のような形の頭にかぶった七色の帽子に、長いしわくちゃの指を走らせた。

「お邪魔してもよろしいですか?」

「もちろん」

小柄だが、命令を出し慣れているように大きく強い口調だった。「準備ができるまで、かけて待っていてちょうだい」

半時間後、紫のチュニックを着て、ブロンズの巻き毛をつけたベアトリスが若々しい化粧姿で現れた。アリーンは、読んでいた自社新聞の女優ガブリエル・フォンテヌーのプロフィール

（「読者の気持ちを盛り上げる真似すべきお手本」だと編集長のマージョリー・ボルテアが言った記事）を横におくと、ベアトリスが部屋の奥に消えてからずっと腰を下ろしていたビニールカバーのかかった窓際のソファーから目を上げて丁寧に聞いた。「始めてもよろしいでしょうか」

「いいわ。でも、まずはコーヒーを入れさせてちょうだい」

断るよりも先にベアトリスは居間と部屋を区切るよろい戸の奥へと姿を消したので、アリーンは部屋を見回しながらメモを取る。

居間は家具の配置が簡単にできそうなくらい何もなかった。部屋の隅に積まれたガムテープを貼った箱以外には、ソファーとコーヒーの載ったガラステーブルだけ。壁には黒でも白でもなくその中間色のイエス・キリストの肖像画、その下にはビーズのレースのガウンをまとった首なしのマネキンがあった。

「手伝いましょうか？」アリーンが居間から呼びかける。

「いいからすわってて。すぐだから！」とベアトリス。

アリーンの腕時計では、コーヒーを入れに行ってからすでに二十分が過ぎている。やっと現れたとき、インタビューが終わるまでもう二度と逃がすまいと決めた。

「オーケー」ベアトリスはソファーに腰を下ろすと、アリーンに向かって言った。「さあ、言ってちょうだい。これは今まで飲んだなかでいちばんおいしいコーヒーかい？」

そのとおりだった。自宅に高価なエスプレッソ入れがあるが、このコーヒーほどおいしくは入れられない。そのエスプレッソ入れは、三十年上《としうえ》のガールフレンドが大学の卒業祝いにと、心理学科の新学科長として赴任したフロリダ国際大のあるマイアミから送り届けてくれたものだった。学年末試験のとき、深夜の長電話で卒業した後のことをたずねられ、徹夜続きのアリーンはつぶやいた。一つ、もう水出しのコーヒーは飲みたくない、二つ、冷凍食品のディナーももういや、三つ、生きていることを実感することをする。

ガールフレンドがくれたのは、エスプレッソ入れと三〇〇ドル分の五つ星レストランの食事券。一緒に入っていた真新しいモノグラムのカードにはこう書かれていた。「残りのひとつは自分で何とかしなさい」

コーヒーのおかげで、緊張がほぐれた。編集長の助言（「同じ国出身の人間とあまり親しくなり過ぎないように」とインターン時代繰り返し忠告されていた）など忘れて、何かわからないがコーヒーに入っているアルコールの類をおいしく味わった。加えたものが出過ぎず、逆にその効果も損なわないコーヒーの入れ方をベアトリスは心得ているようだ。

指先とつま先が火照りはじめ、ベアトリスが旧知の間柄であるような、もっと知るべき相手であるような気になった。私生活でも仕事でも常に何か新しいことを探し求めていた大学講師のガールフレンドがそうであったように。

「秘密を知りたいかい?」 ベアトリスがたずねる。

コーヒーの話だと気づくまで、少しかかった。

「どうして、そんなにおいしいか」

「ええ、知りたいですわ」 アリーンは答えた。

「時間」 そう言って、コップを手に取るベアトリス。「あたしはね、いつも時間をたっぷりかけるんだよ。着替えにも、コーヒーを入れることにも。ウエディングドレスを縫うときだってそう」

かばんに手を伸ばし、テープレコーダーを取り出して、間のコーヒーテーブルの隅に置く。もし言うとおり、着替えやコーヒーにかけるのと同じだけ衣装を縫うのに時間をかけていたら、縫いあがる頃にはもう子どもの洗礼が済んでいるじゃないかしら。そんなことを思いながら、淡々と準備をする。「録音させていただいてもよろしいですか?」

「まずはじめに」 まるでインタビューを取り仕切るようにベアトリスが話しはじめる。「このインタビューが何のためのものなのか、説明してちょうだい」

「昨日も申し上げたように、『週刊ハイチ系アメリカ人』に記事を書いているんですが、編集長のマージョリー・ボルテアがあなたにウエディングドレスを縫ってもらったことがあると。マージョリーを覚えていますか?」

ベアトリスは両手を顎につけ、まるでマージョリー・ボルテアの魂を部屋に呼び寄せるように、くっきりと書かれた眉を寄せて思い出そうとしている。

「縫ってもらったんです。あなたがこの仕事をお辞めになるのをとても残念がって、それで記事を書くようにと」

しかし、マージョリーが実際に言ったのはこうだった。「私のウエディングドレスを縫ったご婦人が仕事を辞めるって話だわ。行って取材してきてちょうだい。ちょっとした記事くらいにはなるかもしれないから」

「その娘のことは覚えてないねぇ」そう言うと、ベアトリスはその晴れ姿を思い出せずに残念とばかりにため息をついた。

「本当に大勢の娘たちのために衣装を縫ってきたからねぇ。どっちにせよ、あたしが辞めるまえに記事が書けてよかったじゃないの。まだ注文を受けて忙しかったかもしれないし、もっと早く辞めていたかもしれないんだから」

この言葉がインタビュー開始のきっかけになると思って、背筋をのばしてテープレコーダーのスイッチを入れる。

「まず、お歳をお聞きしてもいいですか?」

「年より、だよ」

「四十代?」ずっとうえの、少なくとも五十代には見えたけれども、わざと言ってみる。

ベアトリスは大きく後ろにのけぞると、耳が張り裂けそうなくらい大笑いをした。服ならアイロンをかけるのに何時間もかかりそうなほど顔をしわくちゃにして。

「ということは、もっと早く引退してもよかったと？」とアリーン。

「なんでも、なるときにはそうなるもんだよ。結婚が早過ぎたとか遅過ぎたとかいう娘たちにも、いつも同じことを言うのさ。ところで、結婚はしてるのかい？」

「いいえ」アリーンは答えた。

「心配しなくていい。結婚がすばらしいなんて説教したりしないから」そう言うと、コーヒーをすすった。

「どうしていま引退を決めたんです？　何年もウエディングドレスを縫ってこられたのに。そうですよね？」アリーンは聞いてみた。

「あたしはハイチにいる頃からずっと衣装を縫ってきた」ベアトリスは首を大きく曲げて、身を乗り出した。「一針一針のすべてを自分の手で縫ってきたんだよ。誰の手助けも借りずにね。誰かが来ても長居も許さなかったさ。でも、しんどくなってきてね。もう疲れたよ」

最後の言葉は、純粋な事実であって感情や後悔はないと言い切るような単調な口調だった。

アリーンは心を打たれた。

「ドレスを縫う工程をわかりやすく教えてくれませんか」

「そうね」突然煙か糸くずでも吸い込んだように咳払いするベアトリス。「あたしの娘《こ》たちは――ドレスを縫った娘さんをそう呼んでいるんだけど――何千ドルもするような高価なドレスに身をまとった、すらっとして細身のモデルの写真を持ってくるんだ。そして、こう言う。『おかあさん、――いつもこう呼ばせてるんだよ、そのほうが尊敬されているみたいだからね――おかあさん、どうしてもこのドレスを結婚式に着なきゃならないのってね』でも、あの娘《こ》たちを泣かさないように言ってあげるのもあたしの役目なんだよ、たとえ儲けを失うことになったとしても。そのドレスを着るには背が足りないし、横幅もあるだとか、妊娠したお腹が邪魔だとか。儲けるためにこの仕事をしているんじゃないからね。あの娘《こ》たちがドレスを着れば、式に出ている人は必ずあたしのドレスを見ることになる。皆が『花嫁が来た』を歌っているときも、本当は『ドレスが来た』と歌っているようなもの。そう考えると、ドレスはあたし自身なの。あたしが見られてるってわけさ」

　話が脱線しかけていた。次もまた同じくらい長い答えが返ってきたら、どうしよう？

「結婚のご経験は？」

「あたしのような年の女性に、そんな質問をしてはいけないねぇ」とベアトリス。

「でも、読者はご自身のためにドレスを縫ったことがあるか知りたんじゃないかと思って。それに、あなただってさっき私が結婚してるかどうか――」アリーンは謝る代わりに言った。

「若い人はいいのよ。でもあたしのような者には、その質問は胸にしまっておいてほしいもんだね。その質問はずっとされたくなかった。だから皆、あたしをおかあさんと呼ぶんだ」

　メモ帳に書き留める。「結婚歴、なし」

まもなく、録音テープの片面が終わりそうになった。テープを裏返していると、突然ベアトリスが表を散歩しないか、様子がよくわかるからと誘ってきた。

「いえ、とくにいまは」なんとか断ろうとする。

しかし、ベアトリスは立ち上がって、もうドアに向かって歩きはじめている。

晴れた、風の強い日だった。家の前の緑に茂ったトネリコの枝のうえでは鳥とリスが跳ね回っている。ブロックの端っこの児童福祉施設以外は、赤レンガの外装、切妻の屋根、一階は張り出し窓で最上階はサッシ、どれも同じように見える。通りから家のなかへ続く石段があって、そのまえの狭い土地は、一方はフェンスに囲まれて奥の庭へと続き、もう一方はセメントで固められ舗装されている。

一緒に歩きながら、ベアトリスは近所を指さしては家主の職業と国籍を教えてくれた。左手にはイタリア人のパン屋とその奥さんが警官の家。その向かいは年老いたガイアナ人の歯医者と銀行の支配人の娘。そのブロックの向こう側には、ドミニカ人のソーシャルワーカー、隣はジャマイカ人の教師、さらに隣はハイチ人の収容所看守。

看守の家の前でベアトリスはひとしきり咳込んだ。収まったときには顔は蒼白で、目には涙がたまっていた。

「どこの収容所で働いているんですか？」唯一のハイチ人の隣人がニューヨーク州北部あたりの矯正施設までの長い距離を通勤する姿を想像した。

「あたしはあいつをハイチ時代から知っているよ」そう言って、正面の窓のローマ風の日よけを指さすアイリーン。その目は責めたてるようにきついもので、それきり口を閉ざした。旧知の仲なのだろうか、それとも不仲の相手か。まさか、昔の恋人？　あれこれ詮索してみる。「おふたりはお話しをされますか？　お友達？」

「お友達だって？」ベアトリスは忌々しそうに舌打ちをした。去り際、男の家に向かって、消えてなくなれとばかりに両手を振り下ろした。

ふたりが玄関前の石段にもどると、トネリコの葉っぱが数枚下に落ちていた。ベアトリスは、茂ったトネリコの上の方の枝を切らないといけないと自分に言い聞かせるように言った。この石段にすわって細かい針仕事をすることもあるかららしい。

家に入ると、ベアトリスはすぐにまた台所に姿を消した。アリーンはもう一度居間を見回し、謎めいた看守の痕跡の写真や愛憎の手紙といった思い出の品がないかどうか探す。

ベアトリスは、まだ温かいコーヒーの残りを持ってきた。

「この仕事に就くのにずいぶん勉強したんだろうね？」そう言って、新しいコーヒーカップを置いた。

「いいえ、特には。フランス語の専攻だったんです」とアリーン。ベアトリスが大学の専門についてどれほど理解できるかわからなかったので、さらに付け加える。「本ですよ、フランス人が何世紀にもわたって書いてきた本を勉強するんです」

後の説明に意味はなかったようだ。ちょうどマサチューセッツのソーマービルで教会の介護福祉施設を経営している両親が、その意味を解さなかったのと同じように。黙り込むアリーン。ガールフレンドに捨てられた後、最初に見つかった給料の出る仕事だったから、元ガールフレンド――もう二度と口にすることもないだろうが――にも友人たちにも聞こえのよい仕事が何か必要だったから、ただそれだけの理由で新聞記者の見習いに応募したなんて言えるわけがない。

「お嬢さんの大学の勉強……はて何だったかねぇ……そう、フランス語を勉強したことは役に立っているのかい?」ベアトリスはぶっきらぼうに聞いた。

冷静に見て、またマージョリー・ボルテアの事前の注意にもあったように、すっかりインタビューの主導権を握られてしまったようだ。しかし、そこまで興味をもって聞かれたことはなかったので、内心うれしくもあった。

学生時代に読んだ何百という本から学んだことははたして何だったのか。何も思いつかない。教授の顔以外にすぐ思い浮かぶのは、心理学一〇一クラスの深層認知実験に関する映像だ。下が深い谷底のイメージのうえに渡されたガラス板のうえを赤ん坊が泣きながらハイハイしている。その実験は、赤ん坊は谷底とは何なのか、落ちることの意味すらわからないにもかかわらず、谷底に落ちていくこと自体には恐怖を感じていることを示すものだった。なんて残酷な実験だと思った。以来、授業の映像が怖くて見られなくなり、その経験が忘れられないものとなった。

この話をしても、何の反応もなかった。ふと目をやると、ベアトリスのひざに仕切り板で区分けされた木箱が載っている。仕切りのなかには指ぬきや、まるで時代を飛び越えて出てきたような鎖の帯飾りが入っていた。何かを探していたが、見つかるとほっとしたようにため息をついた。金の指ぬきだった。彼女の名前がほんの小さな字で根元に彫刻され、小さな野花の飾りが縁取りされている。

ベアトリスは指ぬきをアリーンの鼻のピアスに近づけたかと思うと、自分の指の一本一本に代わる代わるかぶせていった。

「辞めた後どうされるおつもりですか？」インタビューを続けようとして、アリーンがたずねる。

「また引っ越すだろうね」指ぬきを両手で暖めるように転がしながらベアトリスは答えた。

「どうして？」とアリーン。

ベアトリスは指ぬきを箱にもどし、箱を床のうえに置いた。それから両手で顔を覆って、徐々にこの世に現れるように一本一本ゆっくりと指を開いていった。

「あたしたちはデュー・ブレーカー《シュケラローズ》って呼んでいた」すわっているソファーのビニールカバーがうるさい音でこすれる。「あいつらは家に押しかけてきては、皆を連れ去って行く

んだ。たいていは夜だったけど、草の葉に夜露の残る明け方に来ることもあった。だから
デュー・ブレーカー《シュケラローズ》、朝露を蹴散らす殺し屋。あの男、あの看守はその一味さ」
つま先の開いたサンダルを脱いで足を上げたとき、ベアトリスの足の裏が見えた。薄っぺらで、まるでアルビノの赤ん坊の肌のように冷たい白だった。

「ある晩、あいつはあたしを踊りに誘ったんだ」 ベアトリスはそう言って、サンダルに足をもどした。「恋人がいたから、いやだと言ったんだ。それが理由であたしは逮捕された。収容所のなかの格子か何かに縛りつけられ、血が出るまで足の裏を殴られたのさ。それから家まで歩いて帰らせたんだよ、しかも裸足で。アスファルトの道を、暑い太陽が照りつけるなか、真っ昼間にね。あいつはあたしがどこに家を借りたり買ったりしても必ず現れる。近所の住人としてね」

ベアトリスは立ち上がって、空のコーヒーカップをまとめてお盆に載せた。手伝おうと手を伸ばしたが、ベアトリスはやさしくその手を払いのけた。

それは必然ながら、でもベアトリスを不愉快にさせる質問にちがいない。しかし、どうしても聞かずにはいられなかった。「本当に同じ人物なんですか?」

ブロンズの付け毛をはずすと、首の後方へ束ねられた綿のように白い三つ編が現れた。ベアトリスは手をあげて、炎でも掻き消すように頭をかいた。

「全然見え方が違うんだよ」 つばを飛ばすほど、いらだちを見せるベアトリス。「あいつだけ

は別。どんなに風貌が変わろうと、あたしにはわかるんだ」

「彼女、少し頭が変なんじゃないかと思うんですが」アリーンは携帯電話の向こうのせわしなくぶっきらぼうなマージョリー・ボルテアに話しかけた。例の看守の家の前に停めた車のなかで、ひざにはメモ帳とテープレコーダーが載っている。

「わたしはいまカメラマンと怒り狂った広告主との電話の真っ最中なの、それに今週号の印刷も遅れてるし」マージョリー・ボルテアが嚙みつく。「みんな少しぐらい頭はおかしいでしょ？　心理学の一〇一クラスを受けたことが自慢なのはわかるけど、私があなたをそこへやったのは彼女の精神状態を見るためじゃないのよ。さっさと社にもどって、取材したことを書けばいいの。『針子の老婦人、引退』。おしまい！」

車から、床屋の正面の窓のローマ風のひさしと、トネリコの枝からベアトリスの玄関に枯れ葉が落ちるのが見える。トネリコの木は通りに一本だけで、午後の風に微かに揺れながら時折葉を落としていた。ベアトリスは家の前の石段から通りを眺めている。見えるのは枯葉が舞い散る光景だけ。奇妙ではあるが、美しい光景だった。枯葉が空中に浮かぶように舞い、それから空気の泡のクッションに包まれてゆっくりと落ちてゆく。別の記事が書けそうだとも思ったが、月並みの風景だった。結局は、ただの秋の風景に過ぎないのだから。

アリーンはこの後すぐに新聞社にもどって、言いつけられた記事の「針子の老婦人、引退。

おしまい！」をタイプしようと思っていた。マージョリー・ボルテアが容赦なく編集して、おそらくわずか一〇センチ程度の小記事にしかならないだろうが。エンジンをかけようとキーに手を伸ばしながら、最後にもう一度だけ看守の家の方に目をやった。ひょっとしてマージョリー・ボルテアをもうならせる、大きな記事ネタになるんじゃないか。鍵穴に突っ込んだキーから手を離す。それは郵便受けだった。小さくて黒い鉄製の箱が、番地を示す番号の下のレンガの壁に取り付けてある。長い間人の手に触れられていない様子で、郵便物があふれている。

車から降りて通りを横切り、玄関の石段をゆっくり上っていく。ドアのうえに小窓があったが、ドアと同じ半透明の黄色い建築用紙材でふさいである。郵便受けの中身をめくりながら、すばやく宛名を探す。自動車修理、クリーニング屋、レストラン、スーパーのチラシ、「ご住人様」とか「ご在宅者様」と書かれた女性服のカタログ。

今度は正面の石段を降り、別の角度から家を見ようと後へ下がる。正面の窓は位置が高すぎてなかが見えない。それに、よく見ると暗い色のプラスチックカバーがローマ風のひさしの下にぴったりとはめ込まれている。

側面には横開きの窓。カーテンが引いてあったが、他の窓に比べて低く、カーテンも薄手、しかも窓枠とカーテンの間には少し隙間があるのでなかが見える。

すばやく自然に動いて、できるだけ人目につかないようにする。万が一近所に気づかれたら、訪問者の振りをしよう。

窓のほうへからだを浮かせてから、通りのほうをちらりと見て誰も見てないか確かめる。十代の若者たちが歩道をふさいで歩いている。学校帰りのようだ。大声でしゃべったり笑ったり、こちらを気にする様子はない。

彼らが通り過ぎ、その声が車の音と混ざり合うのを待って、爪先立ちで頭を傾け、首を伸ばしてなかを覗く。鋭角の方向に食卓のようなものが見える。ベアトリスの家の間取りからして、居間は家に入ってすぐの部屋だろう。二階へ続く木の階段があり、食卓のある部屋は空っぽだった。壁は塗ったばかりのように白く光っていて、寄木張りの床は最近塗られたニスがまだ乾き切らずに輝き、べとついているようにすら見える。誰かが住んでいるという感じではなかった。

隣の車庫に車が入る音がしたので、あわてて窓から飛びのく。そして、正面の石段にすわって縫い物をするベアトリスの姿が見えるところまで引き返した。

「誰かお探し？」隣の住人が車庫の前で車にもたれかかり、鍵をじゃらじゃら回している。きっとジャマイカ人の教師にちがいない。軽快な声で、確かめるように聞いてきた。「もしかして、ドリーの友達？」

「ドリー？」

「そう、ドリーの友達なのかい？」教師はニヤニヤしながら、そうであってほしいといわんばかりに繰り返す。

「ここに男の人は住んでいないの？　更正施設の看守さんとか？」とアリーン。

「ドリー・ロドリゲスが越して行ってからは、誰も住んでないよ」教師はそう言うと、鍵を手から手へと投げわたした。「もう一年以上も前の話さ。売りに出したいみたいだけど、ボゴタからじゃ無理。本当に売りたいのなら、しばらくここに腰を落ち着かせないと」

「ありがとう。知らなかったわ」アリーンは礼を言った。

「どういたしまして」別れ際、教師はずっと手を振りつづけた。嘘をついていたことは、おそらくばれていたにちがいない。なぜなら、ベアトリスの家の前の石段付近にたどり着くのを見届けてから、教師が家に入ったからだ。


ベアトリスは三つ編をほどいていたので、髪の毛は嵐の雲のように膨らみ、頭上一〇センチほどに浮かぶ聖者の光輪みたいだった。ベアトリスがスリッパをつっかけた足を載せた段にアリーンも腰かけ、最後の仕事になるかもしれない、ウエディング用の琥珀のペチコートが縫われるのをじっと見ていた。

集中力を切らさないためか、しゃべらないベアトリス。縁を縫い終えて、やっと安堵の顔になる。午後の遅い時間の陽の光のなか、まるで足元に積もったトネリコの落ち葉のようにおだやかな表情だった。

「おや、もどって来たんだね」そう言って、ひざのうえにペチコートを広げた。まるで大きな動物がガーゼに包まれて、ひざのうえで休んでいるようだ。

「家には誰もいませんでしたわ」とアリーン。

アリーンの予想に反し、ベアトリスに驚いた様子はなかった。アリーンがドリー・ロドリゲスの隣人に出くわしたときのようにうろたえることもない。

「もちろん、誰も住んでなんかないさ」ベアトリスはそう言って、決まってるでしょうと言ったそぶりで両手を振り上げた。「あそこは隠れ家なのさ、あの空き家がね。もし留守なら、きっと監獄にでも入っているんだろうよ」

ベアトリスは琥珀色のペチコートをひざからどけ、自分の隣にそっと置いた。アリーンの方は見ないで、通りを見つめるベアトリス。車が数台通り過ぎたあと、ふたたび口を開いた。

「あいつがあたしを見つけ出せるのは、きっとあの娘《こ》たちに出す知らせのせいだと思う」ベアトリスは通りに目をやったまま、そう言った。「引っ越すたびに、友達を紹介してくれるかもしれないからってあの娘《こ》たちに必ず知らせるんだよ。だから、あいつはあたしをいつも見つけられる。そうにちがいない。でも、もうこれで知らせを出すこともない。ウエディングドレスを縫うこともないんだからね。今度引っ越したときは、あたしがどこにいるかわかりっこないさ」

貧しかったが、マサチューセッツのソーマービルで不自由なく育ったアリーン。ベアトリスのような人間が存在することや、人生のほとんどを大きな怒りが支配する男たちや女たちがいることは、想像すらしたことがなかった。いや、何百、何千という数の人たちが、男も女も、ずいぶん昔に失った人生のかけらを求めつづけているかもしれない。もしかすると、アリーン自身だってそうかもしれないのだ。

本当はこういう人たちのことを書きたかった。マージョリー・ボルテアに何と言われようが。もし気に入らないと言ったら、辞表をたたきつけてやればいい。故郷のソーマービルに帰ったっていい。両親もわたしという人間がわかるだろう。それか、しばらくフロリダに逃げ込んでもいい。そうすれば、五つ星レストランで独り寂しく食事なんかしなくても済む。

でも、いまは何も考えずにこの老女と一緒に石段にすわり、しばらく時が過ぎ行くのを待とう。そうすれば、ごくありふれた黄金色の黄昏の光のなかを、緑色のトネリコの葉が高い枝からゆっくりと舞い落ちるのを見られるかもしれない。

猿の尻尾（一九八六年二月七日／二〇〇四年二月七日）

Monkey Tails

母と僕は小石が跳んできた瞬間床に身を伏せた。石は前の週に寝室の窓に蚊除けにと母が張ったビニールシートを貫いた。外の騒ぎに驚いたせいで急に始まったしゃっくりを止めようと、母は長く息を吐いた。目を閉じ、首にかけたロザリオをさわりながら、しゃっくりの合間に深呼吸をしてつぶやく。「イエス様、マリア様、聖ヨゼフ様、どうかミシェルとわたしをお守りください」

ムッシュ・クリストファーの水売り場をはさんだ通りから聞こえる群衆の声や物音に、母と僕のからだは震え、ベッドはガタガタと揺れている。太鼓や角笛、竹笛の音やコンク貝をこすり合わせる音に混じって、大きな叫び声が聞こえる。「マクート、出て来い！ 出て来い、マクート！」。隠れている通称トントン・マクートという秘密警察のメンバーを見つけ出そうとしているのだ。

一晩で国はすっかり変わった。それまではずんぐり太った三十四の男とグラマーな妻による独裁支配がまかり通っていた。そのふたりがその夜ハイチから逃げ出したことは、テレビを見るまで信じられなかった。妻はけばけばしい化粧で、茶色い長髪に白いターバンを巻き、念入りにマニキュアを塗った指には長いたばこ、夫は死んだ父親の名のついた空港の、フランス亡命のための飛行機が待つ滑走路へ、ＢＭＷの高級車で乗りつけた。こうして、夫婦としては六年、大統領としては十五年続いた支配は終わった。しかし、夫妻のどんな冷酷な命令にも従ってきたマクートの連中はあとに残された。いま群衆の最大の怒りの標的は、彼らマクートなのだ。

いとこのババルは田舎へ行くバスに乗ろうと明け方に家を出たが、一旦取りやめてもどって来た。バスターミナルへ行く途中、群衆がマクートのひとりを捕まえて電柱に縛りつけ、頭からガソリンをぶっかけて火をつけるのを見たというのだ。いま家の裏を通り過ぎている集団もまた、きっとマクートに復讐しようと、とくに近所に住むレグルスという男を探しているのだろう。ちなみにレグルスの十八になる息子のロマンは、僕の憧れであり親友でもあった。

群衆はすぐに家を通り過ぎて行った。集団のなかの老若男女は、いずれも僕や母やババルのような一般の人間には何も危害は加えないはずだ。ババルにもそのことはよくわかっていたようで、まるでパレードでも眺めるように家の前に立って群衆を見つめていた。でも母は、「ベッドの下に隠れた方が隠れないより身のため」(でも、そうじゃなかったこともずいぶんあったはずだけど)だという信条の人だったので、隠れるのがいちばんだと考えた。窓から飛び込んできた石で、母の信条はより強固なものとなった。僕は怖くて仕方がなかった。その時僕は十二、母の話によれば僕の生まれる三カ月前に父は何らかの「政治的」な事情で死んだらしい。その辺については母は口を濁すが、おかげで僕は父親のいない、あるいは生きているかもしれないがその居場所のわからない少年たちの仲間入りをしたのだった。生きていたとしても、田舎にいるのか外国にいるのか、はたまた通りをはさんですぐそばの秘密の場所にいるのかも定かでなかった。大勢の父親たちが投獄されて亡くなったり、政権側について働くために家族を捨てたりした。

　母のしゃっくりは治まった。群衆が十分家から離れたと見た母は、スカートの端を持ち上げて額の汗をぬぐい、何度も十字を切ってからベッドの下から這い出た。そして、僕が這い出るのを待ってからひざに着いた白いほこりを払った。

「あの娘《こ》、やっぱりベッドの下まではちゃんと掃除してなかったわね」と、母はすぐにいつも通りの口調にもどって言った。さっきまでの恐怖を早く僕の頭から取り去りたかったのだろう。あの娘《こ》とは、炊事や洗濯をやってもらう代わりに学校に行かせるという約束で、母が田舎から呼び寄せた貧しい両親を持つ遠い親戚のロージーのことだ。もっとも、彼女が受けた唯一の教育といえば、人通りの激しい交差点でコラの実を買いに来る客に話しかける術くらいのもので、家で炊事や洗濯、ベッドの下の掃除をする、いや、しない時間以外は、よく交差点に物売りとして立たせていた。血のつながりはなかったから、もし僕がもっと年を取っていたらきっと結婚していたかもしれないほど、僕はロージーが好きだった。だからベッドの下のほこりなど気にもならなかったが、彼女の肩を持つと今度は僕が怒られるとわかっていたので黙っていた。嫌われ者の大統領夫妻がハイチから出て行ったことで起きた動乱と、近所をたむろする民衆のせいで、僕はお腹がすいて仕方なかった。しかし、それ以上に、早くロマンの家へ行って無事かどうか確かめたかった。僕たちと同じように、ロマンも母親も近所の連中を恐れる理由はなかった。彼らの狙いはロマンの父親のレグルスだった。レグルスは人びとを殴り、金品を奪い、親戚を投獄したり墓場送りにしたりした。何より、やつは生後一ヵ月のロマンを捨てたのだ。ロマンはやつをパパとは呼ばず、皆と同じく苗字のレグルスで呼んでいた。むろん、ロマン自身がその苗字を名乗ることはなかった。

ロマンと初めて出会ったのは、八つのときだった。母親同士が友達になり、毎晩のように互いに出入りするようになった。母についてロマンの家に行き、母たちがすわっておしゃべりをしている間、表で石ころ遊んだりサッカーボールを蹴ったり。

他の年上の連中とはちがって、ロマンは友人が多くなかったせいか、僕のような年下と遊ぶのが嫌ではなかったようだ。いや、むしろ好きだったみたいで、ほとんど毎週日曜の午後に家にやってきては、母に断わってカンフー映画に連れて行ってくれたり、シャン・ド・マルス・プラザで自転車に乗って遊んだりした。

その母たちが、ある日けんかをした。原因が何なのかは僕もロマンにもわからなかったが、おかげで僕が母と一緒に彼の家を訪ねることも、ロマンが母に断わって僕を誘いに来ることもなくなった。一緒に外出することも減ったが、時々こっそり会ってはカラテ映画を見に行った。とくにブルース・リーの新作には心躍ったものだった。

ロマンは一人っ子がどんなものかよくわかっていた。だからこそ、僕の面倒もよく見てくれたのだと思う。近所の子どもと取っ組み合いのけんかをしたときには仲裁に入ってくれたし、母親から小銭をくすねてはキャンディやアイスクリームを買ってくれた。家に誰もいないときにはよく呼んでくれた。お手伝いのウベルトは、からだにいいものであろうがなかろうが、食べたいものは何でも作ってくれた。ウベルトの美味しい揚げ菓子をほおばりながら、聞いたこともない作家の読んだこともない本の一節をロマンが聞かせてくれた。ほとんど意味はわからなかったが、一人前に扱ってくれたのがうれしかった。

いま思えば、僕の人生にはロマンのような存在が必要だった。彼もきっとそうだったにちがいない。その意味では、母に雑用を押し付けられていつも忙しいロージーやババル以外に、親友と呼べるのはロマンだけだった。

思い切って母と僕が家の外へ出たとき、通りには通り過ぎて行った群衆について話すロージーとババルの姿があった。僕たちが見ているとも知らず、ロージーは集団がまき散らして行った小枝や花を拾っている。ぺちゃんこに踏みつけられてほこりまみれになっているにもかかわらず、鼻先に持って行っては匂いを嗅いでいた。

ババルもまた、散乱したビール瓶やラム酒の瓶を拾い集めていた。母はその姿をしばらくじっと見つめていたが、最後には早く家にもどって何かもっと役に立つことをするようにとふたりを急かした。しかし、ロージーは母の言うことをすぐには聞こうとせず、向かいのムッシュ・クリストフィの水売り場が壊されて、水道から水がさばきたての豚の血よりも勢いよく噴き出していると叫んでいた。そのうちに人びとが集まってきた。使用人の男や女に交じって少年の労働者や子ども奴隷《レスタヴェック》が、バケツやポット、土瓶やひょうたんまでありとあらゆる器を手に、このありがたい水を汲んでいる。母もまた、ロージーとババルになるべく多く汲むよう命じるのだった。

　母の傍らで、僕は壊された六つの水道から毎分何ガロンもこぼれ出る水でムッシュ・クリストフィはいったいいくら損しているかを計算しようとした。通常はバケツ一杯二〇サンチームだ。もっとも、母はもっと安く買っていたようだが。キャッサバやコラの実、パンやマンゴーや麦わら帽子が売れないときは、ムッシュの所で水を買って、それをロージーにダウンタウンの交差点に持って行かせ、のどの渇いた客にコップで又売りさせていた。僕よりもほんの少し背が高く、シナモン色の肌をしたムッシュ・クリストフィ。その彼がいま顔をしかめて、噴き出す水を止めようとメイン蛇口を閉めるのに必死になっている。しかし、誰かが取っ手を持って行ってしまったせいで、ムッシュも使用人たちも取っ手なしの蛇口を力尽くで閉めるしかなかった。

「ミシェル、ちょっと来てくれ。人手が必要なんだ」ムッシュ・クリストフィはどうにもならないといったふうに蛇口に背を向け、こっちに向かって叫んだ。

　新しい時代が始まったと思った。カーニバルでもララ〔カーニバルに次ぐ二番目に大きな宗教的・文化的行事〕の季節でもないのに、通りを行進してもマクートに撃ち殺されることはない。それが何よりの証拠だ。でも、何の権利があって水売りのムッシュは僕に命令するのだろう？　そう思いつつも、僕は近づいて行った。母に行くよう背中を押されたこともあった。とはいえ、物事がすべて前夜にもどってしまう可能性も常にあった。テレビから大統領夫妻がもどってくる映像が流れ、人びとはまた集まれなくなる。一方で、地区で商店を経営するムッシュ・クリストフィのような人びともいる。ロマンに言わせれば、政治がどう変わろうが、水やパンなどの生活必需品をコントロールすることで権力を得ている人間のことだ。

　ロマンに会いに行くのが遅くなるので、ムッシュの蛇口を締める手伝いはしたくなかった。どっちにしても、大して役には立たなかった。すでに屈強な男たちが寄ってたかって、いろんな道具で知恵を絞っていたからだ。僕はむしろ水を出しっぱなしにしておきたかった。その日の朝、ハイチでは多くの血が流されたことだろう。マクートの被害者の手によって流されたマクートの血、殺されたくないと抵抗するマクートの手でふたたび流された犠牲者の血。ムッシュの店からあふれ出す水は、政治における立場に関係なく、あらゆる死者たちの血を洗い流すための神の計らいだったのかもしれない。

　でも、このときはそんなことは思いつきもしなかった。ただその場を離れて、友達の所へ行くことしか頭になかった。三十を迎えたいまだからこそ思えるのだ。ベッドに横たわる臨月を迎えた妊娠中の妻の隣で、真夜中の時計の針はまさに予定日である明日に変わろうとしている。

間抜けなムッシュ・クリストフィの周りで、蛇口を閉めようと躍起の男たちに嫌々加わる。しかし、その後もタダの水を汲みにやってくる人の数はどんどん増え、通りにいた子どもたちも、大事な用途に使うからと押しのけられながらも、次々に即席のシャワーめがけて飛び込んでくる。母は通りの向こうに立って、目が合うたびにもっと手伝うようにと険しいまなざしを投げかける。母が僕を自慢に思っていることはわかった。しばらく、男たちに囲まれて作業をした。ムッシュが僕を作業の仲間に呼び入れたことはもとより、布きれやドライバーを持たせるといった仕事を息子のトービンと僕にやらせたことを母はひときわ喜んだ。

「喜びなんてものは、どこからやって来るかわからないもんだね」母はきっとこう言うにちがいない。不思議といえば、手段を持つ人間が恵まれない人間に仕事を与えることで大喜びさせることができるというのもまたそうだろう。たしかに母のことは愛していたが、このときの満足げな笑みも、ロマンの言葉に比べれば大した価値はなかった。たとえ、それがどんなにひどい言葉であったとしても。

水をもう少し集めようと、母がロージーとババルのもとへ加わったとき、脱走のチャンスが訪れた。母が水のいっぱい入った小さな容器を二つ手に持ち、通りをわたって家のなかに消えたからだ。青白い顔をした十二になるムッシュの息子トービンにドライバーを手わたす。ムッシュが蛇口に顔を近づけて複雑な作業に集中しているすきに、僕はその場から逃げ出した。

たしかに近所の雰囲気はちがっていた。人びとは呆然と歩き回り、ラジオやテレビの情報を交換し合っている。ロージーのように、多くは地面に落ちた木の枝を拾ってはかざして振っていた。男たちのなかには頭に赤いバンダナを巻いて、棒や木の枝を振り回しながらラム酒やビールを注ぎ合う者もいる。踊ったり宙返りをしたり、長い間秘めてきたスローガンを大声で叫んでみたり。「おれたちは自由だ」とか、「もう二度と監獄にはもどらないぞ」とか。

教会の鐘はひっきりなしに鳴り響き、人びとは窓越しに口ぐちに叫んでいる。車のクラクションも鳴りっぱなしで、息子をこの国にはびこらせた張本人の独裁者の父親パパ・ドクの墓はデモ隊の手で掘り返された。噂では息子は父親の骨を持って亡命したとのことだったが、掘り起こされた墓には骨があった。民衆は頭がい骨はじめ全部の骨を持ってダウンタウンまで行進した。

あちこちで落書きが始まった。くたばれ、逃げた大統領とその妻！　貧困よ、さらば！　苦しむのはもうごめんだ！　嫌なことはすべてなくなれ！

ボリュームをいっぱいに上げたラジオからは、大統領官邸はじめ幹部たちの豪邸が略奪に遭い、タイルからトイレ、歯ブラシまであらゆるものを運び出されているというニュースが流れていた。灯油とタイヤが燃える匂いが、そこらじゅうに漂っている。ゴムの焼ける匂いが、やがて人の肉の焼ける匂いに変わるのはもはや時間の問題だった。

ロマンの家のドアは、ボルトで固く閉ざされていた。着いて初めて、ロマンの母親はキュラソーで仕入れた女物の服や下着を売りに行商に出かけて留守だったことを思い出した。僕の母同様、ロマンの母親も商売に長けた女性で、うちよりも手広く商売をしている。

ロマンの叔母のベスタが、ドアの隙間から顔を出して僕を確かめた。僕はベスタのことも大好きで、長い首筋とひざ上のスカートからあらわに突き出す細い足が魅力的だ。急いで僕をなかへ入れるベスタ。外で何が起こっているのかを聞きたがったので、聞かせてやった。いちばん知りたがっていたのは、レグルスが捕まったかどうかということだった。

「まだだと思う」と僕は答えた。

「あの老いぼれはもう遠くへ逃げて、ここにはいないんじゃないか」突然部屋のなかからロマンの声がした。声はベッドとテーブルとラジオの部屋から聞こえてきた。ラジオでは亡命した大統領の録音した声明が流れていた。

「わたしは国の運命を軍部にゆだねることにしました」独裁者の息子は父親そっくりの鼻にかかった声でそう宣言していた。その父親の長々とした演説もまた、毎年命日には繰り返し流された。息子の声明によれば、ハイチは今後六人の裕福な軍人によって統治されるという。

「結局おんなじことよ。何も変わらないわ」吐き捨てるようにベスタが言った。

それまでずっと石のように動かないで突っ立っていたロマンは、ベスタの部屋を区切る白いレースのカーテンの向こうから現れた。痩せてはいたが、カンフーの達人のようにしなやかなからだだった。明らかに風呂にも入らず、髪の毛もとかさず、三日前の服をそのまま着ていた。髭もそらず裸足で、外国製のジーンズのうえから細い足を手で掻いている。よく眠れていないせいか、くぼんで血走った目はまるで瞬きしようともがいているかのようだ。

立派な二階建ての家は、やつによれば、母親の苗字を名乗らねばならないロマンへの母のつぐないの品だった。赤が基調の居間に入ってソファに腰かけると、ウベルトが飲み物はどうかとたずねてきた。

ロマンは「あとで《ピタ》」と言ってウベルトを追い払うが、彼女はお構いなしにしぼりたてのレモネードとバターパンを、バーバラ、マリー、ジェレミーといったキュラソーにあるビーチの絵が描かれた盆に載せて運んできた。

ウベルトのことも好きでたまらなかった。いつか母の留守中にロージーとベスタとウベルトがやって来て、僕の童貞を誰が奪うかで争ってくれないものかと夢想したこともあった。

妻がいま隣で、このところ唯一眠れる仰向けの態勢を崩さないよう寝返りを打った。わが息子よ、おまえもきっと横向きになりながら間もなく始まるこの世への旅に備えていることだろう(いつか、このとき何をしていたか教えてくれよな)。

ほら、おまえのかあさんの声が聞こえるだろ。「ミシェル、まだカセットに声を吹き込んでるの？　もう寝てちょうだい。もし明日赤ちゃんが生まれそうになったら助けてもらわないといけないから、よく休んでおいてね」

するど、僕、つまりおまえのとうさんはこう答える。「もうちょっとだけ」

かあさんは冗談交じりに（とうさんはそうであると願いつつ）こう返す。「わたしもあなたが寝たいと夢見ていた女たちのひとりだといいんだけれど」そして、ふたたび眠りに就く。

ここでロマンの話にもどろう。

ロマンはウベルトが運んできた甘すぎるレモネードに口をつけなかった。何だかそわそわしているようで、パンをつかむときの手が震えていた。途中パンを置いて立ち上がっては部屋のなかをうろつき、壁に頭をごんごんとぶつけたり、コーヒーテーブルのうえに置いてある大きなテレビのところへ行って、スイッチを点けるそぶりを見せては後ずさりしたりしている。かと思うと、また椅子にもどってレモネードを手に取り、溶けずに底に沈殿した分厚い黒糖の層をじっと見つめたりもする。

「ロマンのかあさんはいつ帰ってくるの？」と僕。

「二、三日のうちだろ」コップから目を離してロマンは言った。

そして、砂糖を入れ過ぎたものを出されたときにはいつもそうするように、ヴォルテールの言葉を引用して言った。

「それはヨーロッパ人が砂糖を食すようになった代償である」

学年末試験の勉強でロマンはフランス文学の魅力に取りつかれ、授業中引用された作品は全部読破した。同じ類の他の本ばかり読み漁り、肝心のものはマスターできなかったために授業は落第だった。結局、学校自体辞めてしまって、独学で好きな勉強をしていた。学校を辞めることを母親に説明するときも、誰か——あとでソクラテスだとわかった——の言葉を引用した。

「汝自身を知れ、さすれば汝は神々の世界を知ることになる」

「それはヨーロッパ人が砂糖を食すようになった代償である」とフランス語をロマンが言う傍らで、僕はその甘いジュースをおいしくいただきながら、「仰せの通りです、王様」とふざけるのがとても楽しかった。父親のことを考えて落ち込んでいるわけでもなさそうだったからだ。

ロマンは言った。「ヴォルテールの言葉の意味を教えてやろう。つまり、ヨーロッパ人たちはオレたちの血の結晶である砂糖を食べてるってことさ。なのに、おまえったらふざけて」

このとき、いつものロマンにもどっていることに気づいた。だから、こう答えた。「ハイチ人だって砂糖はたくさん食べるよ。僕たちも自分の血を食べてるってこと?」

彼は大笑いして言った。「バカな《インベシール》！　本当におまえってやつは、『母さん、どうして母さんの鼻はそんなに大きくて醜いの』って母豚に平気でたずねる子豚みたいだ。母豚の代わりにオレが答えてやるよ。『おい、息子よ、そのうちわかるようになるさ』ってな」

僕らは大声で笑った。次の瞬間、表情が曇るロマン。「オレ、ラジオも聞かないし、テレビも見ないようにしてる。ベスタおばさんは違うけど、オレはそうだ」

「そんなの必要ないさ！　何が起こっているか知りたければ、舗道《ベトン》を蹴って通りに出ればいいんだから」

僕はちょっと生意気でうぬぼれていた。なんてったって、ロマンがやらなかった危険を冒してここまでやって来たのだから。母親の目を盗んで、よくは思われないロマンを訪ねるということをやり遂げたのだから。自分がロマンよりちょっぴり偉く思えた。いま思えば、ロマンがまだ見ていない、新しい時代が来ていることを話せるという自負があったからだろう。

「こんなことは考えない方がいいのだけれど、でも、考えずにはいられないんだ」有頂天になりかける僕を無視して、彼は言った。「レグルスのことが心配だ。のこのこ捕まるのを待つような爺さんじゃない。きっと悲惨な死に方をするんじゃないかって」

「最後に見たのはいつ？」と僕。

「去年の五月十八日。他のマクートと一緒にフラッグ・デーに宮殿の周りをパレードしていた。オレはやつを見るためだけにそのバカげたパレードに行ったんだ」

「もう見つからないんじゃないかな。レグルスには愛人がたくさんいるし。どこかにうまく隠れてるんじゃ？　もしかすると、もう国境を越えてドミニカあたりまで逃げてるかも」そう言うのがやっとだった。

「かもな」　ロマンはうなずいてはいるものの、心ここにあらずといった風だ。もしかするとレグルスは生き延びて、新しい人生を歩みはじめているかもしれない。子どもを作り、家族の要望で名前を与え、わが子や国民に過去の自分への赦しを乞いながら。

そのとき、急に母親のことを思い出した。いま頃はもういなくなったことに気づいて、ロージーとババルにものすごい剣幕で探し回らせているにちがいない。きっと僕がデモ隊にでも着いて行って、次はどこか、何をするのか、見ているとでも思っていることだろう。

「どうした？」　ロマンが聞いた。

「かあさんのことが気になって。きっとやきもきしてるだろうな」と僕。

「もう十二だろ？　まだ、かあさん、かあさんか？　よし、じゃオレが今日おまえを一人前の男にしてやる。レグルスみたいに。逃亡しようぜ」

ベスタには行先は言わなかった。すぐ帰るとかなんとか言って、ロマンは僕と急いで家を出た。

「もどりなさい！」　外へ飛び出したところで、ベスタの叫ぶ声が聞こえた。「外はどんなことになってるか、わかってるの？　もどるのよ！」

全速力で駆けながら、ロマンに聞いた。「どこへ行くの？」

「行きたいとこがあれば、どこでもさ。逃げ出すんじゃない、冒険に出るんだ」

近くの店は、人であふれた通りとは対照的にほとんど閉まっていた。バスターミナルに行く途中、「棺担ぎ人」が棺桶を二つ担いでいる葬式の行列と出会った。一つは大統領の、もう一つは夫人のもの。司祭の真似をして修道服を着ている人に混じって、若い女たちが黒服を着て悲しげにすすり泣くふりをする。青いデニムの制服を振り回す者もいる。マクートからはぎ取ったものらしい。

人ごみを逃れて、人通りの少ない通りへ歩いた後タクシーを拾う。ロマンが運転手に告げる。

「ラ・センセーション・ホテルまで」

「道が人であふれてるから、そりゃちょっと難しいな」と運転手。

「裏道で行ってくれ、料金ははずむから」とロマン。

ホテルへのドライブで思い知らされたのは、僕らはけっして逃亡できない、ハイチからもポルトープランスからも、ということだった。どこへ行こうと、たとえ狭い路地や裏通りであっても、国旗を振りかざし、大統領と夫人のポスターを剝がし、灯油を片手にマクートの残党を見つけようと躍起になる人びとであふれていたからだ。

壁に囲まれたオアシスのようなホテルにどうにかたどり着き、運転手とやり取りする間、ロマンは僕にホテルの庭で待つように言った。それからフロントに行ったが、部屋は満室。客のほとんどはいまから二十四時間以内に到着する予定のハイエナのような外国人ジャーナリストどもだ。ポーターをしているロマンの元クラスメートだけを頼りに、事態が収まるまでここで過ごす予定だった。

自分でも驚いたことに、突然家に帰りたくなった。かあさんに会いたい。心配のあまり気が狂っていたらどうしよう？　僕の名を叫びながら通りを走り回っていたら？　僕が死んで共同墓地に放り込まれたとでも思っていたら？

結局、ロマンの友達はどこを探してもいなかった。さっきからこっちを馬鹿にしたように見ているフロントの若い美人は、たとえ空き部屋があっても貸してくれそうにない。

しばらくここにすわって何か飲んでいても悪くないさ、だろ？　飲んだら家に帰ろう、とロマンは言った。

ロビーを抜けて階段を降りると、ハート型のプールサイドにパラソルの立ったテーブルがあった。スーツに蝶ネクタイの男が何を飲むかたずねてきた。ロマンがコーラと言ったので、僕もそうした。コーラ一本飲むためだけに、わざわざここまでタクシーでやって来たなんて。

ロマンはホテルの裏の高い山を見上げてから、さらに高い遠くの山の方を見た。いちばん近くにそびえるロピタル《びょういん》山のうえを雲が流れていく。急に雲が晴れたかと思うと、ヤグルマギクのように濃い青空が顔を出した。

山を見つめる僕にロマンは言った。「病院《ロピタル》という名の山だぜ。行ってみたくないか？」

いや、一度もう冒険は失敗しているんだ。ロピタル山へ登るなんて、そんな大それたことができるわけがない。そう思いながらも、「そうだね」と答えた。ロマンがその言葉に乗り気にならないよう祈りながら。

黒い液体がストローを通ってあがってくるのに目を凝らしていると、ロマンと同い年くらいの青年がやって来て、ためらいがちにテーブルにすわった。ロマンはほっとした様子だった。髭をきれいに剃った少年は緊張して、注意深そうな顔をしている。ロマンと握手をし、僕に会釈したあと、いまの政治的状況やこのホテルが売春婦やその雇い主のマクートといった常連客を手放すことになるという話をした。

「きっと荒れるな、同志《キャマラード》」ロマンはさらりと言った。

僕の方をちらっと見て、ロマンに視線をもどす青年。何か言いたそうだが、僕が気になって迷っている感じだ。

そのことを察してか、ロマンが言った。「こいつはだいじょうぶだ」そのとき初めて、このホテルにやってきたロマンの本当の目的に気づいた。ロマンにつきものの、そう単純ではない事情がありそうだ。

「このチビのことは気にしなくていい。やつはここにいるのか？」ロマンはそう言って、コーラを飲もうと瓶に口を近づけた。

「いや、ここにはいない、残念ながら。ここには来なかったんだ。どこか別のところへ行ったんだろう」と青年。とても残念そうで、悲しそうでさえあった。

青年はふとハート型のプールに目をやり、居心地悪そうにすわりなおした。「客で一杯なんだ。部屋が空いてなくてすまない。できるだけのことはするから」

そう言い残して、青年は立ち去った。ロマンはストローでコーラをすすっている。もっと幼ければ何もわからずに済んだのに、僕にはすべてがわかった。父親がいなくて、自分のことは自分でやるように母親に教え込まれた僕の十二年は、普通の子の二十年に匹敵するのだ。

「ときどきここでオレに女を買ってくれた。よく一緒にここに来たもんだ。今日もいるかと思ったんだが」とロマン。

「誰のこと？　おやじさん？」

自分でもよくわからないが、僕はときどきそんなわかり切ったことを聞いてしまう癖があった。

「ちがう」　ロマンは即座に答えた。「おまえのおやじのムッシュ・クリストフィさ」

なぜそんなことを口走ったのか、ロマン自身もわからなかっただろう。ロマンはいらだち、ピリピリしていた。感情がむき出しだった。もっとも、まったくあり得ない話でもなかった。たしかに近所ではそんな噂がたっていた、僕が気にしているとも知らずに。近所の女の子たちは僕が「隠し子」のトービンにそっくりだと噂したし、トービン本人もまた優しくしてくれたかと思うとまるでライバルのように目を合わさないこともあった。クリストフィの妻にいたっては夫の不義の相手とその証拠を見たくなくて、水売り場には近づこうともしなかった。すぐ近くに父親と噂される人物がいるにもかかわらず、息子と呼んでもらえない苦しみ。養育費を要求できたはずなのに、あくせく働かねばならない母親。商売のためだからといって、なぜあそこまでロージーを奴隷のように働かせねばならないのか。とうてい理解できない。どうしてムッシュ・クリストフィは僕が食べるものと着るものを買う金をかあさんに渡さないのか、息子の僕が飲む水を少しばかり値引きする、たったそれだけ？

コーラの瓶から抜けたストローをくわえたロマンの横で、僕は泣いた。ムッシュ・クリストフィが父親だとあらためて言われたからではない。自分が不名誉な秘密でしかないことがつらかったのだ。

僕の頭を撫でようとするロマンの手を僕は振り払った。コーラの瓶でロマンの頭を叩き割ってやりたかったが、できないこともわかっていた。

ロマンは僕を一人前の男にするために連れてきたと言った。これが一人前になるってことなのか？　生きたまま焼き殺されたくなくて、こんな安ホテルに隠れている殺人鬼の父親の情けない姿を見せて、あんな人間にはなるなとでも教えたかったのか？　思いつきのようにムッシュ・クリストフィの話をする自分みたいになるんじゃないと？　それとも、僕はただロマンに付き合わされただけなのか？

ロマンは僕の行けないところへ去ろうとしている。そのことが次第にわかってきた。

「外でタクシーが待ってる。おまえのかあさんのところへ連れ帰ってくれるから」と彼は言った。

　怒りのせいで、ロマンがどこへ行こうとしているのか聞けない。どうでもいいさ。

　そのとき、ロマンが言った。「オレはハイチを出る。今夜にでも」

「でも、何も悪いことはしていないじゃないか」僕は泣きながら聞いた。ロマンのために泣いているのか、レグルスのためか、それともクリストフィか。自分でもよくわからない。

「とにかく、ここにはいられないんだ」とロマン。

「ロマンのかあさんはどうなるの？　レグルスは？」僕は矢継ぎ早やに聞いた。

「向こうに着いたら母親には連絡する。レグルスは関係ない」とロマン。

　大きな身振りで、眉間にしわを寄せながら話す姿から、ロマンにとってレグルスはいつも気になる存在だったことがよくわかった。

「さあ、もう行け。タクシーが待ってる」とロマンは急かした。

　僕はゆっくり立ち上がり、歩いて階段の数を数えながらロビーまで下り、タクシーの待つ車止めに向かった。一度も振り返らなかった。

　タクシーに乗り込むと、後部座席に深くもたれかかった。雑音も歌声も、通りからの話し声も、すべてシャットアウトするように固く目を閉ざす。車はのろく、道もガタガタだったが、どうでもよかった。

旧政府の役人の家や商店からの略奪、リンチ、焼き討ち、マクートへの投石、市の遺体保管所や郊外の共同墓地での何千もの死体の発見などもあって不憫に思ったのだろうか、母は僕を叱りはしなかった。代わりに、ちゃんと面倒を見ていなかったからだとロージーとババルを責めた。

「おまえがいなくなったあと、ムッシュ・クリストフィはどうにか蛇口を閉めることはできたんだけどね、もうすっかり水は皆に汲まれていたよ。おまえが生まれる前のパパ・ドクの時代に逆戻りして、一歩も家を出られないときに備えてね」

「パパ・ドク?」僕は知らないふりをする。

亡命した大統領の父親のことだということはわかっていた。が、ほとんど話すこともなかった母親と少しでも長く話すきっかけになればと思ったのだ。

まだ明るかったが、国家の政治的一大事を憂いでいると母親に思わせたかったので、ベッドに入ることにした。母の秘密はそのままにしておいてあげよう。息子に嘘をついている自分を責めてほしくないから。

その夜、僕らは銃声で目が覚めた。遠くから、ときどきは近くからも聞こえた。通りとは反対側の部屋の床に伏せるように母と僕は横になった。

翌朝起きると、ババルがロージーと一緒に最新の情報を持ってきた。若者の集団が真夜中に荷物を取りに家にもどったレグルスを見つけたというのだ。レグルスは追い詰められ、捕まるのを恐れて頭を撃って自殺したらしい。

僕は床に丸くなってその話を聞いた。そして、この噂が届かない遠い場所にロマンがいることを祈った。そのとき、ふと三日前のロマンが口にした言葉を思い出した。大統領と夫人が国を出たという噂が広まっている。大統領はその噂を打ち消そうとテレビ演説でこう言ったそうだ。自分は「猿の尻尾のようには曲がらない」。

それまで、もし猿に石の投げ方を教えたら、まずは教えた人間の頭に一発目の石を投げるという諺くらいしか知らなかった。だから、僕はロマンに猿の尻尾について教えてくれるように頼んだ。

尻尾の短い猿は地上で生活をする猿、長いのは高い木のうえで暮らす猿だとロマンは言った。木のうえで生活する猿のなかには、からだより長い尻尾を持つのもいて、木から木へ飛び移るときに使うのだという。僕らは笑った。大統領はどの尻尾を思い浮かべてあんなことを言ったのだろうか、と。

「やつはもともと短い尻尾の猿、でもいまは長い。飛び移る木を探してるのさ」とロマンは言った。

十九で大統領になってから十五年、その地位を手放すなんてきっと想像もしなかっただろう。ロマンが僕の前から姿を消し、二度と話すこともできなくなるなんて、僕が想像もしなかったように。

母が亡くなってしばらく経つ。ある日突然、皆が言うところの心臓麻痺で倒れたのだ。でも、僕はそうは思わない。母の心臓は粉々に砕け散ったのだ。なぜなら、僕とちがって母はムッシュ・クリストフィを愛してやまなかったし、愛されなかったことに静かに心を痛めていたにちがいないからだ。もちろん証拠はない。母は厳格でガードの固い女性だった。僕のような若造に、たとえ成長したあとでさえも、秘密を打ち明けるようなことはけっしてしなかった。母が死んですぐ、家をババルとロージーに譲って、僕はハイチを出た。二十歳だった。

ロマンがその後どうなったのか、僕にはわからない。あのときにホテルで別れたきりだ。叔母のベスタはレグルスが死んですぐに引っ越し、母親は行商から二度ともどらなかった。生きているのか、死んでいるのかさえもわからない。

ときどき様子うかがいで電話するババルとロージーによれば、ムッシュ・クリストフィは相変わらず元気のようだが、水売り場は閉めて別の商売を息子のトービンに譲ったとのことだ。

父親について聞かれたときはいつも、母に大切に育てられ、父は生まれるまえに何か「政治的」な不慮の事故で亡くなったという神話を答えることにしている。

おい、僕の息子。おまえの神話はこれだ。いまは真夜中過ぎ。もしおまえが今日生まれたら、僕にとってはすべてが変わる日。僕が一人前の男になる日。お前の名はロマン。僕の初めての親友の名前。

葬式《フューネラル》歌手《シンガー》

The Funeral Singer

第一週目

マンハッタンのアップタウンで唯一のハイチ・レストラン、アンビアンス・クレオールのオーナーのレジアは、教科書の長い一節を暗唱する。

「スコーンを四つと涙を七つさかのぼった昔、わが父たちはこの香辛料を吹き飛ばした……」

まったく妙な内容だったが、彼女は英語が舌足らずに聞こえぬよう慎重に発音した。嵐のなかを呼び合う鳥たちのさえずりのように、口のなかで言葉がぶつかり合った。

白い毛織物のハンカチを、レジアは常に身に着けていた。それが煽がれるたびに、突然のようにベチベルソウの強い香りが漂い、まるで遠くへ何かメッセージを送るために飛ばそうとする凧のようにも見えた。

レジアのベチベルソウの香りにもかかわらず、教室の雰囲気は重苦しくピリピリとしている。私たちの話に耳を澄ますかのように、冷房機の音が急に鳴り止んだ。

重いフレンチスーツを身にまとっているときでさえ鉛筆のように細いマリセルは、直立不動に立ちあがり、二人分の大きな声で自分の名前だけを言った。とても早口だったので、あたかもクラスのためだけに用意したニックネームのように短く聞こえた。

もう一度名前を言うように言われる彼女。三度の言い直しのあと、やっと二つの音節のマリーとセルがはっきりときれいに発音される。塩のマリー、孤独のマリー。あなたは「わたしたちのために祈って」という言葉を付け加えたくなり、わたしは小声で言う。口を開くたびにカールしたふさふさの髪の毛をさわる仕草から目が離せない。髪の毛を引っ張り、放し、また引っ張る。手を離すたびに上がったり下がったりする頭。

自己紹介を歌でできればいいのに。みんな聞くのに精いっぱいでこっちを見ないだろうから。歌うなら、「ティモニーにいさん」。漁師だったとうさんが、嵐が来そうなときによく歌ってくれた歌。

みんなにはまず舟を漕ぐ真似をしてくれるようお願いしてから、わたしは歌いはじめる。

「ティモニーにいさん、もっと漕いで、おにいさん。危険なのがわからないの？　ティモニーにいさん、風が吹き荒れてる。早く陸《おか》へもどらなきゃ」

ティモニーにいさんに頼ったのは、このときが初めてではない。少なくとも頼ろうと思ったことは前にもあった。

一度、とうさんに聞いたことがある。「ティモニーにいさんって、いったい誰？」とうさんは知らなかった。海で死んだ漁師かも。とうさんの知っていた歌は海で亡くなった人たちのものが多かったから。

さあ話そうと椅子を足で押しのけて立ち上がったとき、先生がわたしの自己紹介を質問形式に急きょ変更。

「それで、あなたは何の仕事をしていますか？」という、上がりも下がりもしない平坦なトーンの先生の声が響く。

何も、と答えたかった。いまのところ何も、と。わたしは母国を追い出されたのだ。だから、二十二にもなってこのクラスにいる。

全員の自己紹介が終わると、今度は教師の番だ。「わたしの名前はジュン。もし授業に集中して一所懸命勉強すれば、テストなんて朝飯前。高校なんてあっという間に卒業できます」教師は若く、大柄で胸がなく、机にすわって真っ白な素足をわたしたちの目の前でぶらつかせている。なんて恐れ多いことを。彼女にはわかっていない。卒業があっという間だって? まるでグリーンカードが二、三週間で手に入ると気安く約束する弁護士みたいだ。

レジアは「ペチャパイ」というあだ名をつけた。肩ひものないひだ付きサマードレスに透けて見える胸が小さなタンポポのつぼみにそっくりだったからだ。マリセルは聖母マリア、そしてわたしは「赤ちゃんの葬式歌手」。わたしはこの年では数少ないプロの葬式歌手。少なくとも、以前はそうだった。

第二週目

レオガーヌでの少女時代、よく母と電話ごっこをした。長いロープでコンデンスミルクの缶を結んで、離れたところで互いに歌を歌うのだ。ときには家のなかのヒマラヤスギのテーブルの下に隠れて、外にいる母と小声で会話したこともある。

カーニバルの季節には、柱の周りにロープを巻きつけて踊るメイポールダンス用にも使った。代わるがわる柱になったり踊り手になったりしながら、ロープの下をスキップしたり屈んだりした。わたしたち、少なくとも母はいつも風を紡いで、ときどき頭上にかかる虹ほどに厚い三つ編みをこしらえているつもりでいた。

遊び疲れたら、母は空を見上げてこう言った。「ほらフリーダ、あの上からとうさんがわたしたちの話を聞いてるわ。神様と一緒にココナッツを食べながらね。その白い果肉で雲を作っているのよ」

母がその手のことを言うのは、何か考え事をしているときだった。そういえば、服にも真っ赤な糸で雲の刺繍をしていた。

よく父は夕陽に照らされた雲を見て、翌日の海の天気を予想していた。紅色だと穏やか、血のように赤ければ大荒れといった具合に。

第三週目

とうさんと海にいるとき、あたりは青一色。他の色があることなどふと忘れてしまう。いや、そういえば黄色もあった。沈み切る直前の夕陽のような黄色。

「ひまわりやマリーゴールドのような黄色」レジアは煽ぐハンカチからベチベルソウの香りを振りまいて言う。

「マリーゴールド、それは何千という命の花」マリセルがぷっと煙を吐き出しながら付け加えた。細長いゴロワーズの煙草には、真紅の口紅が着いている。

「わたしの彼のような黄色。嘘ばっかりついている」とレジア。

ひまわりがいっぱい描かれた絵を見せながら、先生は言う。「この絵には弱点がないでしょ」

いやいや、人生なんて弱点だらけ。

わたしは新しい黒ドレスしか着なかったので、歌うときには葬式にも紛れ込めた。でも、いまは弱点を消し去るために七色の「ケネディ」のお古を着て、頭には真っ赤なヘアバンドをする。

第四週目

放課後、レジアの提案で、マリセルとわたしと三人で彼女のレストランに行った。授業の内容は必ずしもわかっているわけではなかったけれども、クラスで三人だけのハイチ人として英語の文法を互いに教え合い助け合った。わたしなんて、現在《プレセント》完了《パーフェクト》形のことを最初は完璧《パーフェクト》なプレゼント、つまりこれ以上ない贈り物だと勘違いしていたほどだから。

ダイニングテーブルに掛けてあった花柄のビニールカバーをレジアが外したので、わたしたちはむき出しの木のテーブルでお酒を楽しんだ。周りの壁には、独楽《こま》や石ころ、凧で遊ぶ子どもや、投網をする老人、大きなかごを頭に載せて裸足で歩く女性などが、いくつも小さく明るい色で描かれていた。天井には調理の煙がたまったときだけ使うとレジアが言う汚れたファンがあった。それを回して、小さなテーブルに膝を突き合わせて腰かけた。マリセルだけは、椅子を少し後ろに引いて離れてすわった。

ある夜、レジアの食品庫から持ってきた尿のような色のラム酒の瓶を片手に、話を始めたのはこのわたしだった。マリセルは、自分で買ってきたピノ・ノワールの赤ワインの小瓶を前に置いている。

「昔、かあさんとよく電話ごっこをしたわ…　とうさんと海に魚とりに出かけたときは青い色しか見えなかった…　国立宮殿で歌ってほしいと頼まれたこともある…」

そんな話を聞いて皆がため込んでいる悲しみを少しでも外に吐き出し、前へ進めればいいと願いながら。

第五週目

とうさんが逮捕される前の大晦日は、大統領が黒塗りのピカピカの高級車で広場に乗りつけ、窓から現金をばらまくのが習わしだった。まっさらなコインは太陽の光に照らされて、ガラスのように光り輝いた。大統領が来ると聞くと、家をきれいに掃除し、ヒマラヤスギのテーブルのほこりを払った。万が一、大統領が車から降りてうちにやって来て、米や豆、コーン油、ダミアンにある大学の医学部か農学校への入学許可という特別の褒美をくれることがあるといけないと、海からもどって準備もした。もしそんなことがあれば将来は安泰、大統領が亡くなって二十年、三十年、いや四十年過ぎても、「あの頃はいろいろと大変だったけど、大統領様は米や豆やコーン油を山ほどくださったんだ。権力者が何かをくれたのはあれが最初で最後だったよ」と語り継ぐにちがいない。

この山ほどの米と豆とコーン油は、貧困という名のオリンピックでは金銀銅のメダルに匹敵するほどの価値があったのだから。

第六週目

二本の木、間隔は一〇フィート。

こう板書して後ろを振り返り、困惑したわたしたちの顔を見つめる教師。彼女以外、教室の蒸し暑さにはもうすっかり慣れていた。薄着をしているようだが、黒板に飛び散る汗をチョークの粉で抑えねばならないほど汗をかいている。

二本の木が一〇フィート離れて立っていて
高い方は五〇フィートの高さで　影の長さは二〇フィート
低い方の影の長さは一五フィート　太陽の当たる角度が同じだとすれば
低い方の木の高さはどれだけか？

一生かかっても解けないクイズみたいだった。手に余る難問。ギブアップ《ムブウェプワ》。

「神様じゃないんだから」　レストランのテーブルに頭を沈めながらレジアが言う。コップのしずくが、いくつもの円の痕が木のテーブルついては下に染み込んでいく。「どうして木の高さなんかわからなきゃならないのよ、まったく」

第七週目

今日は全員で夕食を作る。マリセルはプランタンを油で揚げていて、中指を火傷《やけど》した。レジアは肉料理のヤギシチュー担当。私は豆ライス。

どうしてアメリカに来たのかという話になった。

マリセルは、画家だった夫が不適切に描いた大統領の肖像画を展覧会で飾ったせいでハイチにいられなくなった。夫は展覧会の帰りに撃ち殺された。
わたしはというと、国立宮殿で歌うことを断ったという理由で、かあさんに国を出るよう勧められた。ずいぶん前にとうさんが行方不明になったことも関係している。とうさんは市場に小さな店を持っていた。ある日、突然マクートがやってきて店を取り上げ、とうさんを連れて行った。もどって来たとうさんには歯が一本も残っていなかった。やつらは一晩でとうさんを醜い老人に変えてしまった。翌日、とうさんは口を血だらけにして、ボートで海に出たまま二度ともどらなかった。

そのときのことは鮮明に覚えている。ベッドで寝ていると、薄い綿の掛布団がめくり上げられる気配がした。部屋にあかりはなかったが、かあさんの頬を伝う涙が月明かりに照らし出されていた。

「とうさんが海へ行ってしまったの、海の向こう《ロボドゥロ》」消え入りそうな声でかあさんは言った。波間に漂い、遠く小さくなってやがて消えるとうさんの姿が目に浮かんだ。このときからだ、歌いはじめたのは。そうすれば、波間のとうさんにもきっと私の声が聞こえるにちがいない。そう思ったから。

ここからはレジアのお話。レジアは小さいとき、貧乏で育てられないからと売春宿を経営する叔母のもとに預けられた。宿の裏にある三部屋の家でずっと育った。ある日の夜、寝ていると制服姿の男が入ってきた。ベッドに押し付けられたが、あまりにも嫌だったので気を失った。

「怖いときはいつも気を失うようにしてるの」顔にかかるポットの湯気を払いながら、レジアは言った。「翌朝目覚めると、パンティをはいてなかった。おばさんもわたしもそのことは一切口にしなかった。でも、おばさんは死ぬ間際にわたしに謝ったわ。言うことを聞かなければ刑務所に入れると脅されたってね」

第八週目

マリセルが新聞を何紙か持ってきたので、わたしたちはハイチの記事を探した。ニューヨークを中心に組織されている亡命武装集団がハイチ支配を計画しているという記事。ラジオのレポーターが逮捕されて、「尋問」のためにデサリーヌ兵舎の収容所に連行されたという記事。マリセルはこれらの記事を、ラジオニュースのように低い声でゆっくりと読んでくれた。知り合いの名前が出てくると、新聞を置いて、じっと目を閉じてから手の甲で口紅をぬぐった。「この人のお兄さんは同級生よ。とうさん同士も友達だった」

第九週目

七〇点を取ったレジア以外、全員不合格。

「おかしくない？　わたしたち、同じくらい勉強したのに」と不平を言うわたし。

「赤ちゃん葬式歌手の言う通りだわ」マニキュアをたっぷり塗った手で、深緑色のワインボトルをつかんだマリセルが続く。「でも、人生は長い。いくらでもやり直す時間はある。もう一回受ければいい。もう一回やればいいのよ」

第十週目

皆、飲み過ぎて長居し過ぎた。マリセルとわたしは、高校卒業はもう無理とすっかりあきらめ顔だ。

マリセルが二本目のピノ・ノワールの栓を開ける。レジアとわたしはラム酒をお代わり。ラムの焼けつく苦さが、あっという間にぼんやりした世界へ連れて行ってくれる。そろそろ呂律《ろれつ》が回らなくなってきたが、気にしない、気にしない。

壁の小さな絵のなかの人物たちが、大きくなったり小さくなったりする。まさか、揺れているのはわたしの頭？　そのうちに壁に映るわたしたちの影と重なり合った。

「何かもっと楽しい話をしましょうよ」とレジア。言葉はしどろもどろで、半分眠りかけている。三人のなかでいちばんの酔っぱらいだ。マリセルとわたしが落ちたテストを次回もまた合格するからその前祝いだと言ってかなり飲んでいた。

「ところで、なんでまた葬式歌手になんかなったのさ?」と、わたしに抱きつくようにしてマリセルが聞いてきた。救世軍に慈善でもらったオレンジ色の服に、タバコの灰が降り注ぐ。

初めて人前で歌ったのは、とうさんの追悼ミサのとき。波のように声の調子が上がったり下がったりする「ティモニー兄さん」の歌だった。泣きながら歌ったので、あとでわたしの涙が海の上げ潮のように思えたと皆から言われた。以来ずっと、わたしは葬式歌手。

レオガーヌで葬式があれば、必ず頼まれた。とうさんが教えてくれた漁の歌が多かったが、ときにはその場で、棺桶の横で、遺族の前で、葬儀場や教会で、即興で作った歌だったりもした。ときどきは、リクエストされて「アベ・マリア」や「アメイジング・グレイス」も。でも、どんなときも嫌な顔一つせず歌い上げた。

「わかった、わかった、もう葬式の話はいいから、もっと楽しい話をしてよ」ライスを口いっぱい頬張りながらレジアが口をはさむ。

「ジャッキー・ケネディが去年ハイチに来たわ」マリセルが叫ぶ。その瞬間、手にしていたコップをテーブルに落とし、コップは粉々。

「それって誰?」かけらを拾って後ろに投げ捨てながら、レジアがたずねる。

「ケネディ大統領の奥さんでしょ、ポルトープランス中の古着の呼び名のもとになった、あのケネディ大統領の」とマリセル。

「ああ、あのケネディね。とってもハンサムだったわよね」ラム酒の瓶をラッパ飲みしながらレジアが言う。

「奥さんもきれいだったわ。フランス語が喋れて、旦那さんも子どもも二人失くしたのに、ずっときれいなままだった。悲しみまできれいにする女性《ひと》だった」

割れたコップを片付けながら、マリセルはジャッキー・ケネディと出会ったときの話を始めた。彼女がハイチに来たのは、ポルトープランス中の古着の名前にまでなった最初の夫のジョン・F・ケネディが暗殺されて十年以上後のことだった。新しい夫のギリシャの億万長者は、わたしたちの大統領と何か仕事のやり取りがあった。マリセルが最初にジャッキーを見たのはポルトープランスの港、巨大なヨットから降りてきたときだった。ピンクのバミューダパンツに真っ白なTシャツ、大きな麦わら帽に広い淵のサングラスが端正な顔立ちによく似合っていた。途中、帽子を風で吹き飛ばされそうになったが、そのからだも風で吹き飛ばされそうに小さかったという。

「うちの旦那はその姿を描きに港へ行ったの。そして、本人に直接何を描いてほしいか聞いたの。すると彼女は赤ん坊のように小さな声で、後ろに貨物船や漁船とハイチ人が何人かいる港の景色を描いてほしいと言ったらしいわ。そこで旦那は港を背後にしたジャッキーを描き、わたしを背景に入れたってわけ。もしその絵を見る機会があったら、港とジャッキーの間のどこかにわたしがいるはずよ」

第十一週目

かあさんがよく言っていたこと、それは人には三つの死があるということ。ひとつ目は息を引き取ったとき、二つ目は埋められて土に還《かえ》ったとき、そして三つ目は人びとの記憶から跡形もなく消え去ったとき。犬の鳴き声がすると、とうさんがいなくなった日に誰も乗っていないとうさんの漁船が岸壁に横付けされていたことを思い出す。ベンチにすわっているわたしに何匹もの犬が一斉に吠えたから。

とうさんは闘鶏が好きだった。男たちが集まって輪になり、闘鶏を見ながらラム酒を瓶で回し飲みをするのが大の楽しみだった。闘鶏を見ていると動物の方が人間より賢いことがわかると、とうさんはよく言った。たった二羽の鶏にこれだけの人間が集まるのだからって。

闘犬にもとうさんは出かけて行ったけれど、闘鶏ほどは楽しめなかったようだ。敗れた犬が息絶え絶えに苦しむ声が耳について離れないからだという。その点、鶏は小さいし、どっちにしても食べてしまうんだから。そう言って、とうさんは笑った。

第十二週目

小さいころ、紙の束をかあさんの刺繍糸で留めたノートを持っていた。そこに絵を描いた。

頁が小さかったので、絵と絵が喧嘩でもしているように隙間なく並んでいた。

喧嘩していると最初に言ったのはかあさんだった。夜な夜な怖い夢を見ているからそんな絵を描くのだと言って、かあさんは古い布を縫い合わせて人形をこしらえてくれた。

かあさんがこしらえてくれた白い布に黒い目の人形を、毎晩肌身離さず抱いて寝た。とうさんがいなくなってから、わたしは人形の首を夜毎ねじるようになった。昼間は昼間で、あのノートにもっと小さな顔をいっぱい描いた。もしもかあさんまでいなくなったときに寂しくならないように。

第十三週目

ずいぶんたくさんの葬式で歌ったけど、だからといってそれほど信仰心があるわけでもない。でも、レジアが言う通り、テストに合格できるようにろうそくを立てて祈ろうと思う。

マリセルが言うには、敗北者の守護聖人ユダに祈るべきだという。祖国ハイチのためにも祈ろうということになった。

「まだ勝ち目がないと決まったわけじゃないわ。だって、こうしてやる気になってるんだから」とマリセル。

わたしたちはラム酒で、マリセルはピノ・ノワールで乾杯。

何だか血を飲んでいるような気がした。聖餐式のときの血に見立てたワインではなくて本物の血、私たち自身の血を飲んでいるような気分。

記念にと、かあさんの刺繡の入った布きれを皆にあげた。赤い糸で刺繡した雲は、幸運の証だったから。

「ところで」とレジアがたずねる。「国立宮殿で歌うように頼まれたとき、どうして断ったの？」

「頼まれたんじゃなくて、命令だったのよ。歌えっていう命令」と訂正するわたし。

「だから、なんで行かなかったのよ？　もし行ってたら、今頃まだハイチにいられたかもしれないのに」としつこく聞いてくるレジア。

とうさんを殺したやつらのために歌うくらいなら、死んだ方がましだと思った。

「でも、驚きじゃない？　アメリカ人のジャッキー・ケネディはいつでもハイチに行けるのに、ハイチ人の私たちには行けないのよ」レジアが言った。

第十四週目

テストに合格したかどうかは、しばらくの間わからない。でも、レジアは席にすわると、もう済んだテストの話ばかりする。わたしたちは昼間のメニューのシチューの残りを食べた。

マリセルは金のブレスレットをいくつも着けていて、腕を動かすたびに子どものお墓に巻き着けるお守り鈴のような音がする。

「やっとスーツケースの荷物をほどいたわ、お祝いにね」と彼女。

レジアのレストランからそう遠くないところにある画廊で仕事が見つかったのだ。そこで夫の作品も合わせて絵を売るのだという。

テーブルとテーブルの間の狭い通路で、皆で手を取り合って喜びはしゃいだ。

「ところで、フリーダ、あなたはこれからどうするの?」息を切らしたマリセルがたずねる。

「ハイチへ帰るわ。帰って、軍隊に入って戦う」椅子に腰かけながらわたしは言った。

マリセルもレジアも腹を抱えて大笑い。しばらくは笑い声しか聞こえなかった。天井のファンの音も、ラム酒の瓶やワイングラスの音も。

「ねえ、いまはもう七〇年代なのよ、キューバのカストロを見てみなさいよ。女性の兵士を採用してるでしょ」

ふたりは治まらずに、飲みながら笑いつづける。飲んで笑って、笑って飲んでの繰り返し。

「そうじゃないのよ。もしあなたが軍隊に入ったら、すぐに新聞であなたの名前を見ることになるってこと」マリセルが腹をよじらせながら言う。

「すぐに死ぬことになるわよ」レジアは笑うのをやめて、例のベチベルソウの匂いのするハンカチで額の汗をふく。ハンカチが降伏するときの白旗に見えた。「そうなると、いったい誰があなたの葬式で歌うのよ？」

一瞬、レストランのなかが静まり返った。ファンの音と遠くの車のクラクションが静かに響いた。マリセルが姿勢を正し、残ったワインを一気に飲み干したかと思うとグラスを部屋の隅に投げつけた。壁にぶち当たって粉々に砕け散るのを、わたしたちはじっと見つめていた。

「ねえ、ちょっと！　わたしのレストランを壊さないでよ。このレストランがなくなったら、わたしだってあなたたちのように頭がおかしくなるんだから」ほうきとちり取りを出しながらレジアが叫ぶ。

「わたしたち、頭はおかしくないわ」立ち上がろうとするが、膝が曲がってふたたび椅子にしゃがみこむマリセル。

「フリーダ、いまやればいいじゃない？　いまここで自分の葬式の歌を歌えば？」とマリセル。

「手伝うわよ」部屋の向こうでグラスを掃除しながらレジアも加わる。

わたしには歌える、歌う気があることを見せるために、のどの調子を整える。わたし自身の葬式の歌を。できないはずないじゃない？

それが葬式歌手として人前で歌った最後だった。

歌ったのは「ティモニー兄さん」。ティモニー兄さん、ティモニー兄さん、あなたのいない船を漕ぐ。でも、いつか会えるとわかってる。

レジアとマリセルも一緒に歌う。ときどきティモニー兄さんを姉さんにして、わたしたちはのどが枯れるまで歌いつづけた。

ティモニーに飽きたら、別の歌、もっと楽しそうな歌を歌った。その夜、わたしたちは壊れているグラスも壊れていないグラスもなくすべてのグラスを掲げては、暗くて辛かった過去と不安でいっぱいの未来に何度も乾杯したのだった。

デュー・ブレーカー

一九六七年頃

The Dew Breaker

1

その男は牧師を殺しにやって来た。だから早めに、かなり早めに、夜のミサの二時間も前にやって来たのだった。

まだ太陽は沈んでいなかった。黒塗りのドイツ車デーカーヴェーが、焼きピーナッツ売りからたばこ売りまでがずらりと並んだ通りを、店先とほんの数インチのところをかすめて走り抜ける。車のなかから任務を果たせるようにと、教会がよく見える場所に車を停める。外へ出て靴を汚したくなかったからだ。

物売りたちがちらちら見ていくのを横目に、男は座席とハンドルの間に背中をうずめる。ベルトからはみ出た腹の肉が、シフトノブの先端に当たる。

のちに一人の女性が、匿名で人権団体に次のように話している。「まるで瓢簞《ひょうたん》のなかに入った豚みたいだったよ。ええ、はっきり見たとも。ずいぶん長い時間だったね。この目でにらみつけてやったさ。あたしはあの教会の信者だからね、牧師さんが死ぬのを見たくはなかったんだ」

それからしばらくの間、牧師には政府の高官のなかに敵がいたという噂が駆け巡った。教会はベル・エアではいちばん大きくて古かった。信者はもっとも貧しい地区の出身者がほとんどで、数ヵ月前にはアメリカのライフ誌に「ポルトープランスの港の向こうにコバルトブルーの海が見渡せる素晴らしい眺めの山上のスラム」と紹介もされていた。

教会はレグリス・バプティスト・デザンジュ、つまり天使のバプティスト教会と呼ばれ、正面入り口には白いチョークで書かれた木の板が掲げてあった。その上には痩せこけてうつろな目をしたイエスのような人物が、か細い両手を広げて来訪者を迎え入れる絵があった。

牧師はラジオ番組を持っていた。毎週日曜の朝七時からラジオ・ルミエールで放送されていたので、教会に来られない信者はよそへ出かける前に牧師の説教を聞くことができた。政府との険悪な関係は、一年前に番組が始まってすぐ噂になった。説教の内容にまず大統領官邸の調査官が激怒し、牧師が「この世で苦しめば苦しむほど、あの世ではより多くの安らぎが待っている」という一節を否定したことで一層の怒りを買ったのだ。午前の教会のミサでも牧師は詳しく話したが、ラジオの説教では聖書に出てくる暴君と戦って危うく死にそうになった勇敢な男たちや女たちの亡霊の話をした（女たちが加えられたのは、その六ヵ月前に彼の妻が亡くなってからのことだ）。牧師は、ユダヤの民を抹殺から救った女王エステルや食べられそうになっていたライオンを手なずけたダニエル、巨大戦士ゴリアテを投石器で殺したダビデ、そして海の獣に飲まれたにもかかわらず、見事その腹から生還したヨナを褒めたたえた。

「では皆さん、わたしたちの獣をいったいどうすべきなのでしょう？」 牧師は教会の質素な木の信者席を埋め尽くす信者だけでなく、ラジオのリスナーに対しても声をあげるよう促した。

牧師は国じゅうのあちこちで叫びがあがるのを期待した。「われわれの獣をどうすべきか？」

という叫びが。しかし、実際には大統領自身が書いた国家公認の祈りだけが静かに鳴り響いたに過ぎなかった。「宮殿におわすわれらが父よ、神聖なるその御名において。この首都においても、かの地方においても。われらに新たなるハイチを与えたまえ。反国家的なわれらの思想を許したまえ。国に唾し邪魔する輩はけっして許すべからず。自らの毒で死に至らしめるよう。悪魔の手から解き放たれることのなきように」

牧師の放送を熱心に聞いていた信者たちは、真夜中に家に押し入られ、近くのデサリーヌ兵舎の収容所まで連れて行かれた。拷問部屋のなかで根掘り葉掘り聞かれ、牧師の「われわれの獣をどうすべきか？」という言葉はいったい何を意味するのかと聞かれると一貫してこう答えた。

「私たちはクリスチャンだ。だから獣といえば、サタン、悪魔に決まっている」

人権団体の連中は、長い日数をかけてひそかに死体の数を数え、ぎっしりと字の詰まった報告書を作成する際、信者たちの牧師への献身をこう表現した。「それほど恐ろしい闇夜はなかった。ただ言えるのは、彼らにとって悪魔は遠くまで探しに行く必要がなかったということ。それは想像上のものではなく、現実に存在したということだ」

しかし、信者たちのすべてが牧師の政治信条をよく思っているわけでもなかった。なかには、「もし牧師がこのまま続けるのなら、もう教会には行かない。もっと命を大切にすべきだ。われわれ信者の命も」

待つにつれ、太陽は落ちて行った。昼の行商人たちは去り、夜の物売りたちがやって来る。肉のフライ、揚げプランタン、たばこなどが夜遅くまで店先に並ぶ。夜の警戒のために、うろつくデニムの制服姿の仲間たち。さほど親しいわけではなく、顔見知り程度だ。連中は制服が大好きで、着なくてもいいと思うときですら制服を着ていた。着てまでやる重要な仕事ではないという意味ではない。制服が目立って、現場に到着する前から警戒するようふれ回られてしまうからだ。牧師は、男にも制服組にも怖気づいてはいなかった。評判からすれば、牧師は必ず現れ、ミサは通常通りに行われるはずだ。もし怖気づいて来なければ、それは悪魔が勝利すること、悪魔を恐れているということになるからである。

牧師の家はそう遠くはなかった。万が一逃げ出そうとしたときのために、二部屋しかない質素な家には四人の見張りがついた。男には牧師が怖がる姿を想像することすらできなかった。もしかすると、彼自身のなかにも牧師の説教が染み込んでいたのかもしれない。あの牧師なら逮捕間際にジタバタしたり、知人や友人に頼んで子どもや荷物を運び出したりはしまい。男は独り言を言った。

デュー・ブレーカーの手口はさまざまだ。自分が育った地域からできるだけ離れた場所で任務を果たす者、逆に好んで自分の地区にもどって、咳止めなどの西洋医学を拒む母親や妹が一晩中血を吐かねばならない辺鄙《へんぴ》な田舎でやるのを好む者。デュー・ブレーカーはロバのように間抜けで読み書きすらできないと馬鹿にした教師を「行方不明にする」のを好む者。通りでちょっかいを出した少女たちに、名前を呼んでも無視したり愛想よくしなかったりしたからといって復讐を計画する者。少女たちの両親を殴ってまで苗字を聞き出し、血筋のいい出ではないと馬鹿にする者。男は知らない人間の前で事を行うのが好きなタイプだった。そこに新たな悪の神話が生まれるからだ。

とくに牧師を殺害して証明する必要もない、デュー・ブレーカーはプロテスタントを嫌うカソリックだという神話。デュー・ブレーカーはダンスをしないという神話。デュー・ブレーカーは自分の女に白い服を着せ、それに合うハンカチかスカーフ、布きれなどで頭を覆わせるという神話。デュー・ブレーカーは聖書のシンボルをわざと歪めて引用し、悪魔を語り、歌うという神話。さまざまな神話のせいで、どこで誰を殺そうが男に罪の意識はなかった。

牧師の殺害も、悪魔の祈りとミルク色の服による洗脳が大人から子どもまで行き届いたベル・エアであれば、どこでやっても自由だった。男は思った。オレは聖書に騙されている民衆の精神を解放してやっているんだ。奴隷として黒人の民衆を杭につなぎ止め、主に従えと命じる聖書を、両親にすすめられてマクートの集会に初めて参加して以来、信じなくなった。牧師がいなくなれば、アフリカの地から「中間航路」と呼ばれた大西洋を、もがき、苦しみ、泣き叫びながら、窒息死しそうな奴隷船の狭い船倉を耐え抜いた祖先たちが伝えた価値観を、正しく伝えることのできるミサができる。男はそう信じていた。

前の晩、暴君として有名な大統領は、男やその仲間にとっても、牧師を敬愛する信者にとっても、ともに沈痛なメッセージをラジオで読み上げた。自分を裏切った若い衛兵を一九人処刑したというのだ。父なる大地の革新者としても知られる大統領は、衛兵の名を一人ひとり点呼しては「欠席」と答えた。そして最後に、「全員、撃ち殺された」と静かに言った。

いまや宮殿からの命令は忠誠心を見るテストであり、もっとひどいことが自分の身にも起こりうるという脅しでもあった。

牧師はすでに警告を受けていた。六ヵ月前、対立する別の牧師の娘が金をつかまされ、婦人会の集まりに出席していた牧師夫人に毒入りキャンディを食べさせる事件が起きた。夫人の遺体は牧師によって出身の村の山に運ばれ、先祖の墓に葬られた。

牧師のこの頑固さこそが、いま背中に忍ばせている三十八口径の引き金に指をかけさせる原因なのではないだろうか。つい余計なことを深刻に長く考え過ぎてしまうのが、男の悪い癖だった。

こんな生活から抜け出したいとずっと思ってきた。フロリダかニューヨークでもいい、ハイチ人の移民に混じって、国境を越えて活気づく国外追放者たちの活動を見張る任務に就きたかった。画廊で働いてもいい、コーヒーショップの夜勤でもいい。やってくるハイチ系のインテリたちが、コーヒーやラム酒を飲みながら革命の話をするのをそっと物陰から偵察したかったのだ。そのための金はすでに用意してある。ほとんどはズボンの後ろポケットに入れて持ち歩いているが、残りはスラムにある小屋のセメントの穴やベッドのマットレスの下に隠してある。しかし、忠誠を証明するために命令通り牧師を殺すまではそうもいかない。あらゆる思いを胸の奥にしまいこんで、男は車の窓から顔を出し、街灯の下で勉強する少年のひとりにたばこを買ってくるように頼んだ。

幼い頃の亜鉛欠乏症のせいで、もうずっと味覚がない。甘いと酸いの違いもわからなければ、唐辛子やケーキ、大好物の最高級ラム酒の味もわからない。だから味わうのではなく、匂いや食感で食事を楽しむ。たばこも香りの強いものを吸う。スプレンディダの赤だ。

まだ三十にも満たないが、声はすっかりしわがれ、ときどき喉の奥がむずがゆいのに掻けないのでイライラする。でも、たばこや葉巻はどうしてもやめられない。バルバンクールの特級酒もなくてはならないものだ。収容所の頭のいい囚人たちとトランプや「骨」と呼ばれるボードゲーム、チェッカーズなどに興じるときには必ず一杯ひっかける。

一対一の「尋問」の際、男は囚人にサイコロ賭博を強要し、もし勝ったら無罪放免を約束する。思いがけなく希望の光をもらった者は、それはもう見たこともないような表情になる。絞殺される寸でのところで急に形勢逆転し、相手に馬乗りになって蹴ったり嚙んだりして助かりかけたときのような表情をするのだ。

その前の晩、政府が倒れて、修道女の格好をしてハイチを脱出する夢を見た。きっと神のお告げだ。すぐに辞めろというお告げ。男は自分にそう言い聞かせた。老人になるまで待てない。

ただ、牧師殺害の命令が来たから断れなかっただけだ。

しなびた歴史の本を一冊小脇に抱えながら、少年はたばこを手にもどって来た。男は片手いっぱいの小銭をポケットから取り出し、消せない自らの過去の代償にとばかりに、三グルドをわたした。

土地持ちの農民だった両親は、ベルギー人の神父がやっていた学校へ通わせてくれた。その学校には南部レオガーヌのサトウキビ畑やバニラ園の農園主の子どもも来ていた。ところが、一九五七年に例の暴君が権力の座に就いてすぐ、地方の将校たちが夏の保養所を建てるという理由で土地は取り上げられた。父親は気が変になり、母親は忽然と姿を消した。噂では、初恋の男と駆け落ちして船でジャマイカへ行ったらしい。どうして始めからその男と結婚しなかったのかというと、持ち物が服一着に古靴二足しかなく、家も財産も土地も何もなかったからだという。しかし、父親が落ちぶれたことで、その男に運が向いたのだ。男も同じ時期にいなくなったらしく、母親が駆け落ちした話は筋が通る。

母親がいなくなり、男は十九で義勇軍に入隊した。きっかけは大統領の首都周遊に義勇軍がついてきたことだった。彼らの役目は、国旗記念日の大統領演説を聞く聴衆の頭数を集めること。人びとは帽子や日除けを取りに家へ帰りたがったが、大統領到着まで時間的余裕がなかったので、代わりに大統領の名前の入った粗末な麦わら帽が配られた。バスに乗っている人びとの多くはしかめ面をしていたが、男の表情は明るかった。自国の大統領をこの目で直に見ることができる。そのために首都のポルトープランスへ向かっているのだから。

途中、男は生まれて初めてパイプたばこを吸い、酒を三杯あおった。緊張をほぐそうと乗客のひとりが持っていたものが回ってきたのだ。いま思えば、ただの安酒に過ぎない酒を初めて飲み、たばこを吸ったことで、一人前の大人になった気がした。

首都に着くと、人の流れに従って丹念に刈られた宮殿の広い芝生の方へと歩いた。目の前に広がったのは、この国でいちばん大きな白亜の建物のまえを埋め尽くす群衆。その姿に思わずうっとりとする男。宮殿の周りには銃を持った衛兵が、小さいときに歴史の教科書で見た建国の父たちが着ていたのと同じ金縄飾りの制服で整列している。しばらくすると大統領が、墓守のような裾の長い黒スーツに黒の帽子、腰に三十八口径、肩にはライフルをかけてバルコニーに現れた。

大統領の青白く厳かな顔を見たとたん、このままここにずっといたいとさえ思った。父親の口癖だった、息子には農業をさせたくない、袋を背負わせたりマチューテを持たせたりはしたくない、という言葉の意味がやっとわかったような気がした。

何百頁の原稿を数時間もの間、大統領は完璧な標準フランス語で読みあげた。覚えているのはほんの数行だけ。もし大統領に楯突くような真似でもしたらハイチは血の海になる。国土は北から南へ、東から西へと焼き尽くされる。昇る太陽もなければ、沈む太陽もない。大きな炎が空を照らすだけだ、と。大統領の横の濃灰色の服を着た背の高い褐色の女性、つまり大統領夫人が、まるで水面に浮かぶアザレアの花のように初々しい姿でつまらなさそうに群衆を見下ろしていた。もしや彼女までがピストルを隠し持っているのではないか、仮りにそうだとしても別に驚きはしないが。演説の間、男は微動だにしなかった。

三時間、四時間、そして五時間が過ぎたころ、夢を見ているように頭がくらくらしてきた。羽のついた女性たちが宮殿のうえを丸くなって飛んでいる。シナモン色から、蜂蜜色、銅、黒褐色、黒光りする魔女たちが、大統領に向かって怒りのヤジを飛ばしているのだ。

のちに男は、ベッドを共にした女たちにこう話している。「あれは天使かギリシャの女人像柱のカリアティードだった。きっと太陽の下でずっと突っ立っていたオレたちのために現れてくれたんだ」

それを聞いて、ある女は返した。「あんたに司祭の才能はないわね」

少年は、金を渡した後もじっと突っ立ったままだ。男はポケットからあと五グルドやった。急に話がしたくなって、少年に話しかけた。彼のなかのどこかに、少年を含むすべてのハイチの子どもらに明るい未来を与えてやりたいと願う気持ちがあったことは確かだ。男が歩むような未来ではなく、もっと別の未来を。

「何を勉強をしてるんだ？」

「歴史」と少年。

その日習ったことを話してくれと男はたのんだ。

少年は、出来が悪いと教師から散々叱られた挙句に物差しで手の甲を叩かれたときのように緊張して、何度もつかえながらその日の授業の内容を話した。

男は少年の手のひらを見た。そうすれば、すぐに優秀かどうかわかる。手のひらに物差しのたこがあるか、手の甲に叩かれた跡があれば、落第である。

少年の手はたこだらけだった。だからといって、頭が悪いとも決めつけられない。貧しくて明かりもないために夜は勉強できないのかもしれないし、本の頁が抜け落ちているせいかもしれない。あるいは、ろくなご飯も食べられずに勉強に集中できないのかもしれないのだ。

男はさらに五グルドをわたして、もう行っていいと告げた。少年の将来のことが頭のなかを駆け巡った。向こうでガムとスプレンディダの緑のメンソールを買う少年。買ったたばこを深く吸い込み、ゆっくりと白い煙を吐き出した。それから片手一杯のヤギ肉と揚げプランタンを買って、五人の仲間と分け合った。そして、街灯の明かりの下で、頭に入れたばかりの内容を暗唱し合っていた。

少年はのちにルモンドの記者に語っている。「その男の人は午後ずっとそこにすわっていました。僕はたばこを買うように言われて買ってきました。駄賃をくれたので、夕飯とキャンディを買って友達と一緒に食べました」しかし、自分用にたばこ二箱を買ったことには一言も触れなかった。

たばこを肺の奥に吸い込みながら、早くラム酒を飲みたいと思うことで、男は少年の行く末をあれこれ考えるのをよそうとした。ドミノやトランプ、甘い言葉、手でまさぐる女の太もも、チークダンス、男の高価なベルトのバックルをへそで磨く少女の姿を次々と頭に浮かべた。すべては牧師を無事殺害してからの話だ。少年たちが揚げたヤギ肉をまるで笛かクラリネットのように骨までしゃぶっているのを見ていたら、大統領の長い演説の後に感じた空腹を思い出した。演説が終わり、群衆が宮殿から帰ろうとしていたときのことだった。デニム姿の男たちから義勇軍に加わらないかと誘われた。それがマクートだったことは、あとでわかった。身分証と藍色のデニムの制服、フェルトの中折れ帽と三十八口径、それに国民の休日のパレードに参加できる権利を男は手に入れた。

制服は好きではなかった。民族ショーのダンサーか何かに見えたからだ。頼み込んで私服の着用を認めてもらい、高い店に行って義勇軍の身分証で服を提供してもらった。決まり文句はこうだ。「わたしは国家の安全を守るためにボランティアをしている。幸か不幸か、あなたの身の安全もそのなかに含まれているんです」

そう言えばレストランの料理もタダで食べさせてもらえた。毎日好きなだけ食事をしてだんだん大きくなる肉体、増大する権力。いずれも心地よかった。大家の医者は、家の一階部分の二部屋を無料で貸してくれた。中産階級の金持ち婦人たちは、寝室にやって来ては下に現金を隠したベッドで男と寝た。ありとあらゆる階層の若い処女たちもやって来る。かつて男や家族を見下していた人間たちまでもが、わざわざレオガーヌから媚を売りに来るようになった。よそ行きの格好をして、小さくて暗い事務所を訪ねて来る人びと。男のことを「軍曹」とか「大佐」とか「大将」とか呼んでいたが、なかにはへりくだり過ぎて「小さな大統領閣下」と呼ぶ者すらいた。

「もう十日になる、うちの息子が連れて行かれてから」そんな言葉が人びとから繰り返される。

「娘がいなくなった。絶対自分の意志じゃない」と涙を浮かべる。

気が向いたときには、レオガーヌにある収容所の主任らに手紙を書いて、頼まれた問題解決の手はずを取ることもあった。首都にいるうえに、読み書きができることで一目置かれていたからだ。

毎月何回かレオガーヌに出かけて行った。頭がおかしくなって、週に二日は石を両手に持って裸で市場をうろつく父親に会うために。

会いに行ったついでに、父親から土地を奪った将校一人ひとりに話をしに行ったことがある。男は言った。「いまやオレたちは同じ穴のムジナだ。でも、おまえたちが両親にしたことは絶対に忘れない。いまではオレもポルトープランスでは少しは知られた存在だ。閉じた口に蠅は入らない。だから、これ以上何も言うまい。でも、よく覚えておけよ」

だからといって土地がもどって来るわけでもなかった。ただ父親と自分が代々住んだ家だけでも返してほしいという、いわば独り言だった。

デサリーヌ兵舎の男所有の監房での取り調べは、同僚の間でも有名だった。肉体的にも精神的にも、地区でいちばん厳しい取調べをするというもっぱらの評判であった。いま思えば、男は、ジャック・アレクシスというもっとも著名な囚人の小説家が当時書いた小説をとても気にしていた。そこには「本物の警官、強靱な死刑執行人」と書かれていた。男の「仕事」は、もはや小説のそれとなんら変わらないものになりつつあった。尋問が好きだった。骨ゲームやカードゲームを教えるのも楽しかった。もし囚人が負けたら耳を洗濯ばさみで挟み、あえて勝たせては外すということをした。嘘の勝利でも命が助かることもあるとかなんとか言いながら。男は編み込んだ皮の鞭で叩くことも好きだったし、トランポリンで遊ぶ酔っぱらいのように痛んだ囚人の背骨を平気で踏みつけながら飛び跳ねた。命令の声が聞こえなくなるまで耳たぶの後ろの骨を石で何度も叩くこともしたし、麻のロープにコンクリートの塊を結びつけて、男なら睾丸に、女なら乳房にぶら下げることもした。

当時デサリーヌ兵舎の囚人だった女性が、その三十年後、マイアミのリトル・ハイチにある小さなレストランで、ドキュメンタリー映画製作のためのインタビューに答えている。か細いからだの、背骨の曲がった八十代の老人だ。重い口を開いてくれるまで一時間はかかったという、言葉と言葉の合間には長い沈黙が入ることも度々だった。老女は男の名前も思い出せなかったし、いまどんな姿をしているか想像もつかないとしながらも、その顔は脳裏に焼きついて離れないと言った。

「そいつはよく言ったもんさ。『魚には水は見えない。でも、自分にはよく見える』ってね。わたしは名前で呼ばれていたよ。耳元でこうささやいた。『バリア、あんたを女として扱わせてくれ。バリア、旦那の居場所を教えてくれ、そうすればあんたの……』。ああ、わたしにはとても口にできない。口にできない部分を切り取らなくて済むって。まずは痛めつけておいて、あとから優しい言葉をかけるのさ。そして、また痛めつける。まるで自分を神とでも思っているかのように」

2

「わたしは神を知っている。そして、わたしはその御手のなかにある」夕飯の大きなパンにがっつき、湯気の立つ生姜茶を飲みながら牧師は言った。牧師は一張羅のクリーム色のジャケットとベストを羽織っていたが、赤と黄土色の縞模様のネクタイと合わせて通常は日曜日に着るものだった。

牧師は胴体の割には手足が長くバランスの悪い体型だったが、上品で礼儀正しく、身なりのきちんとした人物だった。

自ら設計して作ったマホガニー材の長い食卓にすわった牧師は、教会の役員たち三人にミサを中止して家に留まるよう説得されていた。

「今夜は信者たちを家へ来させてはどうですか」 十四才のときから牧師をよく知っている大工の主任執事が提案した。

「ミサはここでだってできるじゃないですか」 若いライオネル・ノエルとその弟のジョエル・ノエルが同調する。

ラジオ番組を持つようになって、おそらくその放送内容のせいで夫人を亡くして以来、牧師は脅しには慣れていた。いちばんいいのは、平常心を保って通常通りミサを行うこと、聖書の言葉を読むことで牧師の命を助けたいと怯える人びとを落ち着かせることなのだ。

信者たちが知らなかったこと、あるいは知りたくなかったのは、神との約束において牧師が祖国のために命を犠牲にする覚悟がすでにできていたことだった。逃げ隠れする必要性は何もない。政府が本気で牧師を捕まえたいのなら、とっくの昔にそうしているはずだ。家に押し入り、風呂からでも食卓からでも、ベッドからでも引きずり出せただろうし、夫人のように誰かを使って毒を盛ることだってできた。

その前夜のことだった、宮殿の衛兵を一九名処刑したと大統領がラジオで発表したのは。役人すら殺されるのだから、彼など朝飯前だろう。

牧師はもう何度も殺される夢を見ていたので、死には慣れっこになっていた。ポルトープランスでいちばんの山の頂に連れて行かれて突き落とされる夢、漂白剤を飲まされる夢、ジャンヌ・ダルクのように火あぶりに処される夢、バプテスマのヨハネのように首をはねられる夢。しかし、どんな目に遭っても、牧師は夢のなかで必ず復活した。ロピタル山の頂上から突き落とされる夢を見たときも、急に羽が生えて空高く雲のうえに舞い上がったし、何リットルもの漂白剤を飲まされたときも、水になってあっという間にからだを通り抜け、おしっこになって出た。ガソリンのたっぷりかかった薪に縛りつけられて火をつけられたときは、炎は手足を縛っていた綱を焼きほどき、煙は煙幕になって敵の目をくらました。バプテスマのヨハネのように斬首されたときも、床に転がった自分の首を拾い上げてプラスチック人形のように元通りにもどした。

牧師は夕食のテーブルで、幼いときに弟を海で亡くしたときも、つい数ヵ月前の妻の死に直面したときもそうであったように、いま一度自分の信条を確認した。人生とは他人のために隠れたりあきらめたりしてまで守るものではなく、勇気をもって正々堂々と貫徹すべきものであるということ、もし万が一失わねばならないときは、他の誰でもない自分のために失うべきものだということ。

刺繍入りの聖書を手に立ち上がった牧師は、これから闇夜のなかへ出て行くわずかな不安を吹き飛ばすかのように、皮の表紙を手のひらでポンと叩いた。

「さあ、ミサの時間だ」牧師は表紙をトントンと叩いて、三人に向かって言った。「君たちは一緒に来なくていい。ひとりで行くから」

主任執事が近づき、右手で牧師の頬をさわった。一瞬、叩こうとしたのか、息子たちに押さえつけて縛るよう合図を送ったのかと思えたが、執事はただ牧師の肩に着いた黒い糸くずを取っただけだった。そうすることで、ほんの少しでも長く牧師をとどまらせたかったのかもしれない。

牧師は聖書で執事のもう一方の手をポンと叩き、そろそろ行かせてくれという仕草をした。引き留める理由が何もなくなったので、三人は仕方なく道を譲り、牧師は玄関を出た。玄関に南京錠をかけた牧師の後について、三人は気が進まないまま、家と舗装されていない道路に挟まれた小さな運河にかかったよく揺れる木の橋をわたった。いつも通り、ルー・ティレマスは蒸し暑く、埃っぽくて騒がしかった。通りには街灯が一つしかなかったのに、とても明るく感じた。牧師は自宅前で自家製のピーナッツバターをまぶしたキャッサバパンを売る老人に、通りの反対側から手を振った。

その隣の家の表を借りて時間交代で営業している床屋からは、コーラス部分が「あなたは私たちを導いてくれた　あなたは私たちを食べさせてくれた」という、政府称賛のコンパ音楽が大きな音で流れている。少年が虱にまみれた髪の毛を刈ってもらっている横で、若者が二人すわってトランプをしている。牧師は床屋と若者たちにも手を振り、彼らも振り返した。もしや彼らが暗殺者なのか？　通りの外で待っているという噂の刺客なのか？

床屋の前で焼きトウモロコシを売る女性が声をかける。「牧師さん、ご機嫌いかが？」

いつもは元気だと頷いて見せるだけなのに、今夜はわざわざ近くまで行って丁寧にお辞儀をした。

ふと目をやると、結婚式を挙げたことのあるカップルがいた。ふたりとも胸にノートを抱えている。彼女の方は秘書になるコースで勉強しており、彼は会計士を目指していた。妊娠したので両親が式を挙げさせに教会に駆け込んだのだが、結局は式後に流産してしまったのだった。

「調子はどうですか、牧師さん?」彼女が立ち止まって挨拶をした。

「ふたりとも、勉強の方はどうだい?」

「大変です、牧師さん」と若い夫の方が答えた。「勉強することが多すぎて。だから平日には教会に行けないんです」

例の三人は、まだ牧師の後にいる。道行く知人らが愛そうよく声をかけてくれるので、少し安心した様子だ。彼らもまた話に加わり、うなずいたり声掛けをしたりした。

牧師がときどき洗濯とアイロンがけを頼む未亡人の女性に呼び止められた。次はいつ行ったらいいかとたずねている。

「牧師さんは優しくないよ。いつも同じ服ばかり着るから、こっちは商売あがったりだよ」

牧師は笑いながら、靴磨きの家の前へと差しかかる。その家の主はもう商売はしていないが、いつも家のまえで背の低い椅子にすわって通りを眺めていた。以前、哲学科の学生たちがサミュエル・ベケットの『ゴドーを待ちながら』という芝居を近くの学生ホールで上演して義勇軍が逮捕しに踏み込んだことがあったが、そのときに屋根から空の尿瓶を投げつけた一人が彼だった。

「人間は皆生まれたてのときは気が狂っている。しかし、なかには大人になってもそのままの人間もいる」牧師は覚えている芝居のセリフを口ずさんだ。

芝居のあと、義勇軍は近隣の家に片っ端から銃弾を撃ち込んだが、幸いにけが人は出なかった。

「今夜はちょっと靴が汚れてますね、牧師さん」そう言って、靴磨きは椅子の下から道具を取り出した。

牧師は慌てて言った。「レオン、夜は必要ないよ」

「いいえ、あなたのようなお人の靴はいつもきれいでなきゃ」

「どうせまたすぐに汚れるんだし」

「ミサが終わるまでに磨いておきますから」

「明日たのむよ、レオン」牧師は言った。

「明日」という言葉にレオンはにっこりした。それが未来への希望の光であるかのように、役員たちもほほ笑んだ。

ルー・ティレマスのはずれの教会まであと少しの、街灯のひとつ灯った通りに差しかかったとき、少年たちがあかりの下に集まっているのが見えた。歌を練習している者もいれば、盛んに首を振りながら熱心に勉強している者もいる。そのなかに一人、いつも母親と一緒に日曜学校にやって来る少年がいるのに気がついた。言うことを聞かず、母親の小言はストリートの物売りの声のように右から左だった。手にはたばこを持っている。牧師の姿を見るやいなや、たばこを投げ捨てて通りの裏へすっ飛んで逃げて行った。

いつもなら、牧師はこう言ったかもしれない。「いまのを見たかい？　サタンに惑わされているわれわれの若者《ジューネス・エトゥディオン》の姿を」しかし、その夜の牧師は子羊の群れではなく、牙をむいて襲いかかろうとしている狼のことで頭がいっぱいだった。教会の入り口が近づき、いつも迎え入れてくれるキリストの細い腕が見えた。

なかに入ると、牧師は電燈のスイッチを入れた。天井の明かりが聖堂を照らし出す。牧師は祭壇に歩み寄り、役員たちは停電用に用意してある灯油ランプと募金用のかご、ミサで乾いたのどを潤す牧師用の水を運んできた。

その夜のミサはいつも通りに行われたが、いつもは来るはずの信者たちに欠席が目立った。新しい顔も交じっていたが、休憩に立ち寄った人か、信心深くはないが軍が牧師を逮捕しに来る噂を聞きつけ、邪魔しようとやって来たレオンのような連中だ。

いつもよりも長い時間、牧師は力の限りに歌った。からだを激しく動かし、何度も教壇を叩き、足で床を踏み鳴らし、跳び上がった。信者席の人びとに駆け寄り、一緒に唱和するよう誘ったりもした。

牧師の説教は、まるで告白だった。亡き妻の思い出話だったからだ。

彼女の目のことがどうしても忘れられない。その日の午後は明らかに変な様子だった。涙腺が緩んで涙がたまってもすぐに乾いてしまって、頰を伝うまでにはならない。瞳孔が角膜と同じ大きさにまで開いてしまう。瞼を閉じたくないのに、死ぬほど苦しくてどうしても閉じてしまう。すぐに家にもどってベッドに横になったものの、夫人が間もなく息を引き取りそうなのは明らかだった。

手足はゆっくりとは動かせたが、もはやコントロールできないのか、動きはばらばらだった。話す力も失せ、何があったのかを問い質《ただ》すことはおろか、名前を呼んでも答えられる状態ではなかった。唇はかすかに動くが、声は出ない。でも、牧師は何とかして夫人の言いたいこと、してほしいことを理解しようとした。

牧師は近所の住人に向かって、車を持っている友人の主任執事を呼んでくれるよう叫んだ。中央病院へ運んで、何とか命を救ってもらおうとしたのだ。

混乱のなか、牧師は祈るのを忘れていた。祈っていたら、夫人はこの世に留まったかもしれない。からだはどんどん冷たくなっていったが、まだ死んではいなかった。

しかし、主任執事が到着したときには、もう息はなかった。彼らが玄関を入ったちょうどそのとき、大きなため息を吐き出した夫人は息を引き取った。牧師はその最期のため息が忘れられないという。あたかも、どうして私の言うことが聞こえないの、なぜわかってくれないの、助けてはくれないの、とでも言っているかのようないら立ったため息に聞こえたからだ。ふと、牧師は思った。もしかすると、いままで参加していた婦人会の集まりと何か関係があるのではないか。そういえば、それまで一切宗教に関心のなかった別の牧師の若い娘が、突然神を知りたいと言って夫人を誘ってきたではないか。

検死によれば、病院の検死官ですら特定できない、あるいはあえてしないかもしれないが、即効性のある猛毒を盛られたという結論が出た。犯人はその娘にちがいない。その後、行方をくらましたことが何よりの証拠だ。しかし、娘は別の罪で逮捕され、フォート・ディマンシュの地下牢に監禁されているとのことだった。それでも牧師は、夫人の死は自分のせいだと思いつづけた。ラジオやミサでしゃべった内容のせいだと。

だからこそ、いま公衆の面前で夫人への赦しを乞うのだ。天国にいる夫人に、どうか自分を赦してほしいという祈りを捧げながら。

ノエル兄弟を含む牧師をよく知る熱心な信者数人が、困惑した様子で悲しげに席にすわり、牧師と自分たちの身の不安におびえていた。牧師が最終的に身の不安を口にし、これまでのように政府批判を繰り返さないと考えを改めたことはせめてもの救いだった。夜のミサで何かよからぬことを口走り、先方を余計に怒らせるのは得策でないと誰もがわかっていた。

女たちの一団が立ち上がって、早々と出て行く。立ち寄って休んでいただけの連中も、事情はよくはわからないまでも、たまたまミサに居合わせただけで反逆者呼ばわりされてはたまらないとばかりに後に続いた。

靴磨きのレオンは、息子のことを思い出してか、あふれる涙をぬぐっている。息子はデニムの制服に身を包んで、人びとを連行しては死へと追いやる義勇軍の一員だ。もしかすると、あのとき空の尿瓶を投げつけた相手はわが子だったかもしれないし、逆に自分を狙って銃を撃ってきたのもそうだったかもしれない。任務のためには実の両親をも殺す。それこそがいい兵士だと教え込まれているからだ。

レオンは息子のしていることは許せなかったが、できれば母親のために帰って来てほしいといまだに願っているし、自分が逮捕されないのは息子のおかげかもしれないとも思っている。

牧師は夫人の話を続けた。あのときの土気色の顔色とは対照的なきれいなピンクの唇が忘れられないとか、鼻と口の間が貝殻のような形だったとか、笑うと鼻にくぼみができたとか。その日も、そのくぼみをもう一度最後に見たいがために、何とか夫人を笑わせようとしたという。一目惚れだったと話す声はかすれ、力なかった。十四で夫人の父親の教会へやって来たとき、牧師には家族はいなかった。牧師は初めて参加したミサで夫人に会ったが、夫人の両親が彼を誘ったのだという。

牧師は夫人と一緒にミサに出席できるようにカソリックから改宗し、やがて司祭になったとき、夫人の両親は結婚を許した。その両親と一緒に夫人がいま天国にいると思うとうれしかった。

牧師は、義理の妹のアンがミサにきて数秒で出て行った話もした。アンは化粧品学の初めての講義の帰りだった。田舎から出て来て三日目の朝、牧師はアンの身元保証人としての署名をした。アンの様子からして、牧師が脅されていることや暗殺者がうろついていること、義勇軍が逮捕しようとしていることなどは知らなさそうだった。妹《ス》（両親は互いに兄弟《フリ》や姉妹《ス》と呼び合うようにいつも命じていた）は、数日前まで生まれ故郷の村にいた。しかし、この七十二時間は牧師のところにいて、ずっと義理の姉が死んだ日の話ばかり聞かされていたので嫌気がさしていた。彼女は怒っていた。牧師と異母兄弟で彼女とは異父兄弟だった弟が溺れ死んだ過去と、家族を捨てて政府を倒し民衆を解放することばかりにエネルギーを注いできたことに腹を立てていたのだ。おそらく自分の帰りを待ち、帰ってきたら胸の内をすべてぶちまけようと思っているにちがいない、と。しかし、実際はお腹がすいたので、何か食べようと早めに教会を出たに過ぎなかった。

　しかし、妹がやって来てにすぐ立ち去っても、牧師の回想は途切れなかった。三十分後もまだ悲しい思い出を語りつづける牧師。が、そのとき突然、富士額の肥った男が教会のなかへ入ってきた。男の後につづいて、デニムの制服に鏡のようなサングラスをかけた義勇軍の集団がなだれ込む。聖堂は騒然となり、人びとは震え上がった。拳銃とライフルを振り回し、信者たちに座席の下に頭を伏せるよう命令した。その太い男は通路をふらつきながら三十八口径を持って牧師に近づき、もう片方の手で首根っこをつかんだ。男の太く長い指が喉仏を押さえつけたため、牧師は声が出せなくなった。それ以上の力は不要だった。というのも、牧師はもうずいぶん前から覚悟し、何をすべきで何をすべきでないかを心得ていたからだ。ついに、その瞬間がやって来た。それだけだ。むしろ、肺や腸が急な発作を起こさなかったことに感謝した。祭壇では数人が男に加勢した。二人が牧師の両手を握り、後ろ手にする。牧師は玄関の方へ突き飛ばされ、痛みに一瞬顔をしかめた。

教会の外には、物売りも子どもたちもすっかりいなくなっていた。家の扉は固く閉ざされ、明かりすら漏れていない。

巻き添えを食わないように隠れたにちがいないと牧師は安心した。しかし、今夜のターゲットは彼だけ、牧師だけのようだ。

牧師はトラックの荷台に乗せられた。兵士たちが上にのしかかる。ライフルがからだのあちこちに当たり、わき腹を小突かれ、牧師はたまらず両膝を曲げてかばう。顔は荷台に押しつけられ、ブーツの底とかかとが雨のように降り注ぐ。頭に押しつけられるたばこの火はたき火に岩塩を投げ込んだときのようにジューッ、パチンと音を立てる。靴の脱げた足には、携帯用の器具か何かで電気ショックが走る。

トラックが広い道に出て急にスピードをあげると暴行は少し和らぎ、牧師はほっとした。そう思ったのもつかの間、顔に拳の嵐が降ってきた。顔をかばおうとする手を誰かが持ち上げたとき、サングラスをはずした見知らぬ顔が並んでいた。

埃だらけの黒い布の目隠しが、頭の後ろで固く縛られる。何も見えないことに恐怖する牧師。トラックが急停車する。すぐ近くにいた男たちが、前の座席にいる連中と二言三言言葉を交わしている。近くのデサリーヌ兵舎か、それともフォート・ディマンシュの収容所か、どちらに連れて行くかという内容のようだ。前者ならば生きて帰れる可能性は少しは残るが、後者ならその確率はゼロ。そこは文字通り墓場と噂されていた場所だからだ。

牧師には兵舎と聞こえたような気がした。ふたたびトラックが発進し、牧師への暴行は車が停まるまで続いた。かわすこともできないまま、暴行を受けるたびに牧師はからだをよじるほかなかった。

またトラックが停まり、荷台がゆっくり上がっていく。飛び降りる兵士。

突然、女の叫び声が聞こえた。「ジャン！　ジャン！　あなたなの？」もし牧師の名がジャンだったら、きっと自分はもう死んでいて、天国の妻が呼んでいるとでも思ったにちがいない。

手足の緊張を緩めて、声の方に少しでも近づこうとする。

その瞬間、銃声がした。空へ向けてか？　彼を狙ったのか？　それとも、あのジャンと叫んでいた女を撃ったのか？　でも、肌を焼くような痛みはない。誰かが足を持って引きずり出した拍子に上着が脱げ、トラックの荷台からコンクリートに叩きつけられた。顔から落ちたので、額に怪我をしたようだ。流れ出る血が目隠しに染み込む。真っ赤な温もりで目の前の闇が覆い尽くされる。足を引きずられたまま、からだは縁石を乗り越えていく。からだじゅうアザだらけで、あちこち皮が剝けた。まるで皮をはぎ取られ、声をはぎ取られ、視線をはぎ取られる感覚だ。ずっと精神を傾けてきた、よく着こなし、よく説教し、よく読書するという努力がすべてはぎ取られるようでたまらなかった。が、いまは一切の感情を押し殺し、からだの肉が少しずつ小石や岩、ガラスの破片やコンクリート片で削り取られる痛みに耐えるほかはない。

階段を引きずり下ろされるときには、うまく体重移動をしてあばら骨を痛めないように気をつけた。

鉄格子と鍵の閉まる音から察するに、おそらく牢屋に着いたのだろう。苦しそうな息遣いや大きなうめき声が聞こえる。思わずくしゃみがしたくなるほどの腐った肉の匂い。血の匂いを追い回す鼠のように、多くの影が取り囲む。おもちゃの独楽《こま》のように頭が回る。まわりの影も回って、一つに溶け合う。

夜中に叩き起こされ、また絶望的になる。温かい液体が顔にかけられる。のどの渇きをいやそうと思わず口を開けたとき、それが小便であることに気づく。ようこそ《アヴェ》、小便《ユリナ》よ！　もうすぐ死ぬこの私は《モリトゥリ》あなたを《テ》歓迎します《サルタント》。どういうわけか、こんなとんでもない考えが頭に浮かんだ。

目隠しは外されたが、瞼が痛くて目を開けることができない。さらに激しく、牧師は闇のなかに崩れ落ちた。

3

ルー・ティレマスじゅうの家の明かりが突然消えたとき、アンは子どものころからずっと経験してきたある種の胸騒ぎを感じた。漆黒の闇夜ではあったが、闇のカーテンの向こう側で何か得体のしれないことが起きている。まるで探していたろうそくにすでに火が点いて頬を焦がしているかのように、顔がどんどん火照《ほて》っていく。同じ音階ばかり吹くフルートのような高い音が耳の奥に鳴り響き、咲き乱れるプルメリアのような強烈な匂いが鼻を突く。すぐに痙攣が襲ってくることがわかったので、身を低くして仰向けに大の字になる。羽の折れた蝶々が徐々に弱って死んでいくように、冷たいセメントの床に仰向けになる自分を、どこか天井のような高いところから見下ろしているもうひとりの自分。息は浅く、息をしない時間がだんだんと長くなる。からだはこわばり、塩辛い海水でも口いっぱいに含んだように舌が口から外へだらりと垂れる。走馬灯のように頭をよぎるいままでの人生。幼い弟の溺れる姿、弟の命を奪った海を見たくないからと出て行った義理の兄、無念か渇望か、またはその両方で死んでいった両親、兄と暮らすために都会へやって来た自分、妻の死から立ち直れないでいる兄。そして、いま自分が経験しているような死に方をしたにちがいない義理の姉。

教会をすぐに立ち去ったのがいけなかったのかもしれない。でも、兄がまた姉の話をしようとしたので嫌気がさしたのだ。兄の説明からすると、たしかに姉の死は兄に非があった。ラジオで権力者を公に批判したら、愛する者たちがどういう目に遭わされるか、なぜわからなかったのだろう？　機会があれば、兄にはっきりと言ってやりたかった。しかし、いまこうして死にかけているか、悪魔が憑依している自分にはもうその可能性はない。もし憑依されているのなら、どうして悪魔は一人になるのを待って、ちょうど子どもの頃に乗った従順な馬のように、静かに乗り移ったのだろうか？　そこには彼女のからだを通じて語りかける相手は誰もいないというのに。もし意識を取りもどしたとしても、万が一うまく取りもどせたとしても、こんな死の一歩手前のトランス状態を思い出せはしないだろう。ただ、兄もまたどこかで自分と同じように倒れているにちがいないという確証だけはあった。兄のからだが死にかけているのか、あるいはその魂が消えようとしているのか。いずれにせよ、もう二度と兄とは会えないだろう。そう感じた。

4

男は牧師を解放するように言われた。命令の変更は宮殿から直接届いた。このとき初めて重要なニュアンスの聞き違いがあったことに気づいた。命令は「殺す」ではなく「逮捕」だったのだ。しかも、その逮捕もぞんざいなものだった。

逮捕は静かに遂行されるはずではなかったのかと、ずんぐりと背の低い、眼鏡の上司のロザリーが問い質す。五十代で、収容所では数少ない女性幹部のひとりだ。しょっちゅう会ったわけではなかったが、どういうわけか親しくなった。宮殿に出入りし、大統領と直接会うことが許されていた彼女は、女性の兵士の数を増やそうとしていた。大統領と同じく民間伝承《フォークロア》を好み、本人の話によれば、大統領ともよく話をしたという。大統領が、大きな袋を持って言うことを聞かない子どもをさらいに来る民話の子取り鬼トントン・マクートを義勇軍の通称にしたので、誰もが知っている遊び歌に出てくる子どもを食らう人食い女の寓話にちなんで、女性部隊をフィレ・ラロと名づけたかったのだとロザリーはいう。

高級なラムとキューバの葉巻を味わいながらこんな話をするとき、ロザリーは男に思い出させるかのように歌ってみせた。

小鳥よ　どこへ行くの？
わたしは　フィレ・ラロのところへ
フィレ・ラロは小さな子を食らう
もし行ったら　食われちまうよ
ブリコロブリ
ブリコロブリ
ハチドリはトゲバンレイシの実を食べる

他人には、この歌はきっと恐ろしく聞こえたことだろう。トゲバンレイシを食べるハチドリに自分をたとえたのだから。しかし、男にとってはそうではなかった。自分と同じ匂いを感じていたせいか、ロザリーは男をいつもかわいがってくれた。しかし、いまのロザリーは歌いも笑いもせず、怒っている。

「皆が言うには、あれは逮捕じゃなく闘鶏だったらしいじゃないの。満員の教会にわざわざ踏み込まなくても、通りで捕まえることだってできたはずよ。どうして、ここへ連れて来たの？」以前からボスである大統領の鼻にかかるしゃべり方を真似しようとしていたが、やっと板についてきたようだ。

外にも人はたくさんいたと男は言いたかった。あの少年を含めて。あれでは確実に撃ち殺すことはできない。だから、この収容所でやろうと思ったのだ。

「ははぁん、さては痛めつけてやりたかったのね？」ロザリーは称賛するようににやにやしている。「でも、ちょっと自由にやり過ぎたね。命令違反よ」

ロザリーを失望させてしまった。そして、自分自身も。宮殿は牧師を解放しろと言う。夜の闇に放り出して、恐怖と無力感のなかでまたマクートに会う日をおびえながら暮らさせろ、と。宮殿は牧師を殉教者というヒーローに仕立て上げたくはなかったのだ。

「責任は取ってもらうよ。牧師の姿を見たけど、ひどいありさまだった。ここでは絶対に死なせないように。わかったわね？」そういうと、軍隊式の回れ右のように、かかとでからだの向きを変えた。

男は収容所の廊下で指示を待つ部下のひとりを呼びつけて言った。「牧師を連れて来い」部下が部屋を出て行ったあと、いつものように喉の奥が苦しくなった。囚人と面と向かい合う直前はいつもそうなる。囚人はおびえているだろうか、それとも毅然としているのか？　抵抗して暴れるだろうか？

牧師は暴れないだろう。通常のやり方は必要ない。ただ反体制活動はやめるように説得だけして、おとなしく家に帰るよう言えばいい。

5

「おい、牧師！　こっちへ来い！」鉄格子の外の暗闇から声がした。

牧師には「こっち」がどこを指すかわからなかったが、まごついている間ずっと叫び声は続いた。牧師は半分すわり、半分中腰になったような格好で、冷たい壁にもたれてかかっていた。まわりには、小便をかけた囚人たちが五、六人。残りの者は床に丸くなって眠っている。連中は言葉を交わしていた。会話の端々からわかったのは、怪我を治すためだったということだ。小便が顔やからだの傷口をふさぎ、骨が離れて肉に食い込むのを防ぐと信じられていたからである。檻の外から声がした途端、彼らは牧師の姿が鉄格子の外からよく見えるように一斉に飛びのいた。

「おい、おまえら。その新入りをここに連れて来い」 檻のなかの別の囚人たちに向かって声が響く。

両手をつかまれたときの苦痛を味わいながら、檻の後方から前方と連れ出される牧師。頭はまだくらくらしていたが、両脇を高く抱え上げられながらも、なんとか床に足をつけることができた。鉄格子までたどり着いたとき、牧師は囚人たちの腕をしっかりと握った。牧師にそんな力が残っていることに驚いたが、囚人たちは牧師から手を放し、一人で立たせた。

顔の間近で声がした。そして、急にたどたどしい笑い声に変わった。

「あんたはツイてる。きょうはラッキーな日だ、ツキ男さんよ」

扉が開き、鉄格子から手を放すと、黒い影が牧師をつかんで外の壁に押しつけた。檻のなかや檻と壁の間の狭い廊下にいったい何人いたかはわからない。ヌルヌルして何かの腐った匂いのする地面で滑って、牧師はしりもちをついた。

すぐに立ちあがって階段を降りるように指示が飛んだ。動いているのは自分なのか、それとも血と糞尿だらけの壁のほうか?

「急げ、でないと放って行くぞ」と声は響く。

自由と束縛、生と死という天国と地獄の、そんな不衛生極まりない場所に置き去りにされたくはない。近づきつつある妻と、遠ざかりつつある妹のことが頭をよぎる。妹は彼なしでも大丈夫だ。あの子は強いし、ひとりで何でもできる。自分とはちがってカソリックのままだが、信仰心に厚い。金が必要になったら、家を売ればいい。化粧品学のコースは始まったばかりだが、修了すれば美容師になることも店を持つこともできる。唯一心配なのは、癲癇《てんかん》の発作だった。子どもの頃から、発作は何か霊的なものが原因だと言って、病気だとは絶対に認めようとしなかった。子どもを欲しがらねばいいが、と牧師は思っている。弟を海で溺れ死にさせてしまったのも、面倒を見ている最中に発作が起きたからだった。ひょっとすると、妻も癲癇の発作で亡くなったのだろうか。しかし、いまはそんなことを考えている場合ではない。声がだんだんと遠ざかっていく。両足で立つには、集中して力を振り絞らねばならない。壁を使って体重を支え、声を追いかけるように必死に進んで行く。

階段を降り切ったところに明かりが見えた。同じ部屋から漏れている明かりだ。そこが目的地だと直感した。少し目が見えるようになってきた。囚人たちの小便が効いてきたのか。

廊下を挟んだ両側の監獄から、何十という目が牧師を見ている。ある囚人は「運がいい」とささやいた。連中も牧師をツキ男だと思っている。解放されるのか、殺されるのか。いずれにしろ、自由になれることはまちがいなかった。

6

アンは奇跡が好きだった。時間があれば、いつも奇跡の話が書かれた本を読んだり、日常の不思議な体験話をラジオで聞いたりしていた。意識を取りもどしたのは、まさに奇跡だ。今度もまた、死の淵からよみがえった。霊の仕業か、からだの節々が痛かったが、意識がもどったとき、アンは独りではなかった。灯油ランプ片手に、靴屋のレオンが仰向けに倒れたアンを覗き込んでいる。助け起こされ、椅子にすわらされるアン。大丈夫かと聞かれ、うなずく。

悪い知らせだ、とレオン。兄さんが教会で逮捕された。兵士たちが来た。ずいぶんと乱暴だった。兵舎に連れて行かれたようだ。

デサリーヌ兵舎の濃い黄色の建物は以前見たことがある。まるでポルトープランスのど真ん中に停泊する軍艦みたいだった。その日の朝も、授業を申し込むために兄と一緒にまえを通ったばかりだ。そう遠くないところには墓地もあった。

行かなければ、とすぐに思った。

「ごめんなさい、レオン。ここでじっとしているわけにはいかないわ」とアン。

レオンは水の入ったコップをわたした。少し口に含んでから、残りで顔を洗った。そして立ち上がり、レオンのわきを抜けて玄関から飛び出す。レオンは追いかけたが、追いつけなかった。

背後では、灯油ランプを手にしたレオンが通りの真ん中に立って、他の連中と一緒にもどって来いと手を振っている。命の天使にも死の天使にも見える。アンは走りながら思った。

7

そこが拷問部屋でないことを牧師は祈った。殺人犬や人食い蛇から囚人を釘で貼りつけにする十字架、頭蓋骨をつぶす大きな岩、アイスピック、こん棒、拳鍔《ナックルダスター》、ギロチン、それに注射器まで、ありとあらゆる種類の仕掛けや器具を想像した。黄色い収容所の狭い事務所に通され、血まみれで腫れ上がった目を凝らしてやっと見えたのがあの教会から自分を連行した肥った男の顔だったとき、正直がっかりした。そいつは部屋の半分ほどもある大きな机の向こう側にすわり、天井から垂れ下がった裸電球が頭を照らしている。部屋は蒸し暑く、糞尿とたばこと香水の入り混じった匂いがする。男の前へと突き飛ばされ、危うくこけそうになる。

男は椅子を持ってくるように命令し、すぐさま部屋の外から麻でできた椅子が運ばれてきた。子どもの揺り椅子程度の小さな椅子だったが、そのすわりやすさから農民たちは「おしゃべり椅子」と俗に呼んでいた。机よりもずっと低かったので、そうでなくとも大柄の男が余計大きく見える。

牧師は縮こまって椅子に腰かけると、椅子はキーキー鳴って揺らいだ。男は牧師を連れて来た声の主に部屋を出るよう合図し、声の主はあわてて出て行った。がたついた黄色の鉄の扉は開いたままだったが、部屋の狭さのせいで急に閉じ込められた感じがした。

男は机から立ち上がり、牧師の横に立った。すぐ横で見る男は本当に大柄で、まるで巨大な足が生えた山のようだ。

「いいか、よく聞け」ゆっくりとした、耳障りな声だ。傷を負っている耳には、まるでバケツのなかでしゃべっているような声に聞こえる。「言いたいのは一言だけ。いままでのようなことはもうやめるんだ」

椅子が小さいせいで、牧師は縛られているような感じがした。椅子に寄生する小さな吸血虫は、すでに汚れて破れたズボンのなかに入り込み、彼の尻から栄養分を吸い取ろうとする。しかし、あえて動いたり掻いたりはしなかった。男が牧師を弄《もてあそ》ぼうとしているのは明らかだった。希望を与えておいてから、奈落の底へと突き落とす。尋問され、牢屋へともどされたのち、処刑を待つか、もっとひどい尋問を受けるか。

男が牧師に近寄り、椅子から助け起こすかのようにたくましい手を差しのべた。きっと、これがいつものやり口にちがいない。最初不愉快にさせておいて、あとで優しくする。そうすれば男は感謝され、いい人だと思ってもらえる。

男に近づいたとき、からだが震えた。怖がっていると気づかれたくはなかったが、どうしようもなかった。殺すなら一息にやってほしい。苦しみながら徐々に死んでいくのは嫌だ。命が助かる可能性などゼロだと思っていた。考えも地位もちがう同じ牢屋の囚人仲間が、この地獄を生き延びるために優しくしてくれるなどという期待はこれっぽっちもなかった。

痩せ細り、傷口の膿んだ姿からすると、長い間投獄されている者も少なくないにちがいない。そのうち解放されることを夢見ていることだろう。外ではもう死んだものと忘れ去られた存在かもしれない。実際、死んだ者も多い。一日一日、少しずつ少しずつ、骨から肉片がはがされるように消えていく。そんな風には死にたくない。薄汚い牢獄の隅っこで、からだにうじ虫を湧かせるような死に方だけはしたくなかった。

男の顔はさらに近づき、手は差しのべられたままだ。いったい何のため？　本物の拷問部屋に連れて行くためなのか？　いつも想像していたあの恐ろしい部屋に？

牧師は男の手を避けるように後ろにのけぞった。キーキーと鳴ったかと思うと、椅子の足が壊れて飛び散り、牧師は床にひっくり返った。男はなおも前屈みになって手を伸ばしてくる。立ち上がるには必要だろうとばかりに、急かすようにしつこく突き出される手。仕方なくつかまろうと見上げた男の顔には、満面の笑みが浮かんでいた。

泣きたかったが、泣けなかった。悪魔に泣き顔を見せたくなかったからだ。代わりに頭を低くして、床に手を着いた。

そのとき、片手が何かに触れた。先のとがった木の破片だ。牧師は慌てて拾うと、男に向かって振り上げた。目を狙うが、破片はずれて右頰に数インチ突き刺さる。

思いもよらぬことに動揺し、一瞬たじろぐ男。牧師はさらに顎にかけて顔を引き裂く。

慌てて男は牧師の手首をつかんで、血が止まるほど強く押さえつけた。木の破片が手からすり落ち、牧師の膝に当たる。男は牧師の肩をつかんで、思い切りコンクリートの壁に押しつける。部屋が狭く、身動きひとつできない。血が首筋をつたってシャツの胸元へと流れ落ちるなか、男は両手で顔の傷を確かめた。そして、教会でちらつかせていたあの三十八口径を取り出し、発射した。

拳銃から飛び出したまばゆい光がからだに当たったとたん、牧師はもうおしまいだと思った。生き延びていたら、きょうのこの話を見事な説教として聞かせられる日が来ただろうに。この目で見た地獄を人びとに話すことができたのに。そこには一人ではなく何人もの悪魔が支配している、と。しかし同時に、小便で助けてくれた天使たちがいることも。

一発、二発、三発、四発。神父は胸から床へ崩れ落ちた。裸電球の明かりがだんだんと遠のく。

「きっと後悔するぞ…」吐き捨てるように言う男の声もまた徐々に遠ざかっていく。

後悔？　後悔だと？　後悔のない人生なんて、いったい何の意味があるというのか？　それは死ぬときも同じ。

あの「獣への説教」などしなければよかった。心にとどめておけばよかったのかもしれない。でも、あの世には幸せが待っているのだから、この世でひどい人生を送ってもいいとあきらめている人びとの、麻痺した宗教観をどうしても変えたかった。自分の死と引き換えに人びとは立ち上がり、正義を要求するようになるかもしれない。あるいは、何も変わらないかもしれない。殉教者に名を連ねるだけで、埋葬されたらもう噂にすらならないかもしれない。

あぁ、このまま生きていられたらそんな素晴らしい説教もできただろうに、それももう無理だ。キリストのような復活はない。羽が生えて空高く舞い上がり、口から弾丸をすべて吐き出すこともできない。闘いはもはや自分以外の誰かに託される。しかし、だからといって完敗したわけではない。頬の傷は男も望んでいなかったはずだ。たしかに目をつぶすことや歯を折ることはできなかったが、少なくとも頬に傷を残すことはできた。やつは生涯この傷を背負って生きていくことになる。鏡をのぞくたびに傷跡が目に飛び込み、同時に私の顔を思い出すことだろう。傷のことを聞かれるたびに嘘をつきつづけねばならないし、嘘をつけばつくほど真実は余計重くなってやつにのしかかっていくはずだ。

8

どこにこれだけ走れる余力が残っていたのかと自分でも驚きながら、アンは収容所へと急いだ。進むたびに闇夜は真っ二つに割れて、真ん中に道ができていく。あまりに速く駆け抜けたので、土埃が舞い上がって後ろが見えないほどだ。ルー・ティレマスから民衆の通りという意味のルー・ドゥ・ププルに入り、ルー・デ・ミラクル、奇跡通りを通ってルー・ドゥ・ロンテレモン、埋葬通りへ。公文書館、公立学校のリセ・ペティオン、そして古い教会を通り過ぎる。兵舎に近くなったとき、通りの真ん中でごみの残飯を奪い合う痩せ細った犬の群れに突っ込んだ。犬たちはしばらくアンを追いかけて一緒に走ったが、すぐにまた残飯のところへ引き返して行った。

通りには誰もいなかったので、この町で生き残ったのは自分だけじゃないかという不安がよぎった。ならば、なおさらこのまま走り続けねばならない、止められない限り走り続けよう。

9

ロザリーが拳銃を構えて、男の部屋に駆け込んできた。後ろには幹部の連中が、全員銃とピストルを手に緊張した様子で身構えている。男が足元に転がる死体の首筋に手を当てて脈を取る。男の顔は血だらけで、同僚の助けを借りて立ち上がり、やっとのことで机にもたれかかる。

「いったい何をしたの！」ロザリーが男の頭に銃口を向けて叫ぶ。

「襲われたんです」息を切らす男。

「どうしてこんなことに？」ゆっくりと拳銃を下ろすロザリー。部下たちの注目が一斉にロザリーの反応に集まる。猛毒をもつカミツキアリの女王蟻のような立場のロザリーは、いつだって部下を従えて男に制裁を加えることができるからだ。でも、そうはしなかった。少なくとも、そのときは。

「解放するように言ったはずよ」

見下ろすと、大の字になった牧師の死体、服には血があふれ出ている。思わず吐きそうになる男。宮殿の命令に背くのは、これで二回目だ。逮捕されるか、処刑だってあり得る。

男は死体から数歩後ずさりする。そして、よろよろと同僚の横を通って階段へ向かい、囚人たちが日に一時間だけ出ることを許される庭に出た。

「どこへ行くの？」　ロザリーが追いかける。

庭を横切り、小さな建物を通り抜けて外へ出たとき、収容所の入り口わきではタンポポの種が風に舞っていた。そこで初めて男は吐いた。何度も、何度も。

入口の外でひとり吐きつづける男のまわりを、追いついたロザリーと他の同僚たちが取り囲む。もう吐くものがなくなったとき、ロザリーは寄りかかって言った。「調子が悪いようね。家に送ってあげるわ」

「いや、自分で帰れます」　男は答えた。

ロザリーは、門の神という意味のレグバと皆から呼ばれている門番に合図して門を開けさせた。

「大丈夫よ。上の方にはうまく説明しておくから」　ロザリーは男の背中をポンポンと叩きながら言った。

とても不安だった。いざとなったらロザリーは自分に有利な証言をするだろう。大統領の気が変わって牧師を殺したことを褒めたとすれば自分の手柄にするだろうし、非難されたら男のせいにするにちがいない。

収容所の入り口を出るとき、男は背後から同僚か門番のレグバに撃たれるかもしれないと怯えた。しかし、何とか生きたまま通り過ぎることができた。

外に出て、もう一度顔を撫でてみた。指が頰の肉にめり込む。まるで仮面か何かのゴムがはげたような深さだ。収容所の壁に沿って歩きつづけ、街の角まで来たとき、やっと少し落ち着いた。

これからどうしよう？　どこへ行こう？　病院？　でもそこは安全なのか？

そのときふたたび吐き気がしたが、もう何も出てこなかった。次の瞬間、何かとぶつかった。何か大きくて見えない、ものすごい速さで走るもの。

女だった。気が狂ったように見える女。白い麻の寝間着を着ていたが、まるで下着姿だった。寝間着は汗だくで、細いからだに張りついている。髪は乱れて逆立ち、目は怒りと混乱に満ちている。

ふたりがぶつかったとき、女は男の頰の傷をじっと見つめた。その瞬間、男は女が拷問所でいたぶったり半殺しの目に遭わせたりした相手でないことを祈った。もしそうでなければ、いまの自分に同情したりいたわってくれたりするかもしれない。気の毒に思い、家に連れ帰って包帯でも巻いてくれるかもしれない。万が一彼を嫌っている相手であっても、助けてほしかった。思わず、「どうか《タンプリ》」という言葉が口をついて出る。女もまた、同時に同じ言葉を発していた。このとき、男は母親が言っていたことを思い出した。二人の人間が同時に同じ言葉を口にしたら、その二人は同じ日に死ぬことになる。この女がすぐに死ぬことにならなければいいが、と男は思った。でも、この女はいったい誰なんだ？　夜通し寝ずの看病でもしている母親か妻か、それとも姉なのか？　収容所に新しい囚人が連れてこられる度に「ジャン！」と呼びかけては看守らに発砲させていた、あいつだろうか？

自分の体重なら女は地面に倒れ込んでしまうことなどすっかり忘れて、男はめまいのまま思わずもたれかかった。両手を広げて、受け止める女。まだ男の顔をじろじろ見ている。そして手を伸ばし、頬の傷をいたわるように恐る恐るさわる女。それから、男の頭を抱えては泣き出した。

「あのなかに。あのなかにすぐ行かないといけないの」

男はゆっくりと言った。「あのなかに入ったら、出てこられなくなるぞ」

この女を押しとどめるためには何でもしようと思った。もちろん、嘘はついてなかった。そんな夜中に収容所に駆け込んだら、どんな嘘をついてでもこの女は皆の好きにされるにちがいない。

「さぁ、帰るんだ。早く！」

女はふたたび顔を覗き込んで手を伸ばすと、突き刺さった木切れを何個か引き抜いた。そして、男の後について歩きはじめた。
男の家はそう遠くなかった。ふたりは急いで、サッカー場を通り、墓地を過ぎた。女はからだを縮め、墓地を過ぎるまでずっと息を止めているようだった。理由は聞かないでおこうと男は思った。だいたい、少しばかり頭がおかしくなければ、自分のことなど助けてくれるはずもないのだから。

10

家にたどり着くと、男はすぐに床の上のマットレスに倒れ込み、眠りに就いた。出血多量で死のうが、頬の傷がどうなろうがかまわなかった。そばに女がいて、眠っていく自分を見ていてくれるだけでいい。できれば一緒に横に寝てほしい。すべては明日の朝考えよう。いまはただ、誰にも邪魔されずに眠りたい。

11

顔の出血は止まり、幾筋ものかさぶたができた。それがだんだんと赤から茶色、そしてやがてはまっ黒に変わっていくのを女は見ていた。

昇ってきた朝陽の穏やかさに女は驚いた。男の顔の傷と対照的だったからだ。はじめは黒い靄《もや》だったのがだんだんと灰色になり、やがてオレンジがかった色になったかと思うと、ついには透き通ったガラスのような輝きに変わった。

鉄格子のついた窓から、墓地へ歩く葬式の列が見える。派手な音楽もバンドもなく、ただ親族だけが列を組んで歩いている。悲しみを黒いハンカチに包み込む人びと。おそらく午後に葬式を出す金銭の余裕がなく、皆がまだ寝ているこんな時間に埋葬せねばならないことを恥じながら歩いているにちがいない。

葬式の列を見送った後、ひどく腫れ上がった男の顔をふくものがないか、女は家のなかを探す。部屋にはマットレス以外には服が数枚と、洗面所には化粧品が少々、台所には錆びたフォークとスプーン。傷口をふさぐようなものは何もない。外に行って、生姜と蜂蜜の小瓶、それに煎じた液体を塗ると良くなるというイエルバ・ブエナというハーブを手に入れてこよう。外を歩くとき、女はなるべく墓地を避けようとした。すでに何人かが通りに出ている。まるで前の晩の約束に遅れたとでもいうように先を急いでいる。じろじろ見られるたびに身をかがめる女。

露店の市場に着くと、物売りはほんの数人しかいなかった。最初に覗いた店の店主は細くて背が低く、大きな頭をしていた。店のラジオでは昨晩のニュースが流れている。店には生姜もイエルバ・ブエナも蜂蜜もあったが、買うお金がなかった。それどころか、寝間着以外にろくな服も着ていないあり様だ。

支払いはあとでいいと店主は言ってくれた。さほど高くもなかった。全部でたったの五グルド。

「病人がいるのかい？」と店主。

彼女はうなずいた。

突然泣き出すのを見て、きっと頭がおかしいか、霊媒師だとでも思ったにちがいない。たぶんお金は請求されないだろう。

12

男は夢を見ていた。レオガーヌの少年時代、母親と一緒に庭で作業をしている。涼しい朝で、太陽は昇ったばかり。辺りには朝靄が金色に立ち込めている。

地面に触れると、暖かく湿り気がある。苗床はむいて捨てた野菜の腐った匂いがする。陽が高くなるにつれて、鶏や犬の鳴き声や鳥のさえずりや羽をばたつかせる音がせわしない。早朝の石工の集まりに出かけるまえに、父親が近くまで来てこちらを静かに眺めている。

父親が出かけ、ふたたび母親とふたりきりになる。いつもは黒っぽい布で覆っている母親の長い黒髪が、朝風に吹かれて自由になびいている。あたりにはふたりで撒いた種が根を下ろし、マンゴーやパパイヤ、グアバ、アボカドの木が並ぶ。母親はその根やハーブや雑草の間に手を突っ込んで、束になったオジギソウ、通称「恥の草《フェイウォン》」を引き抜く。それから男の手を取って、小さな葉っぱをさわらせた。人差し指がトゲに触れると、まるで拒絶するかのように草は内側にしぼんだ。しばらく待てという仕草の母親。夢のなかの母はけっしてしゃべらなかった。しばらくすると、葉は外に向かって魔法のようにふたたび開いた。何度もやってみるよううながされ、叩いては縮み、縮んではまた開くオジギソウで遊ぶ。今度は小枝をわたされて、持っているように、と。

男の夢は突然ここで途切れた。玄関の戸が大きな音を立てて開いて閉じたのだ。さっと起き上がり、身構えながら、いつもベッドのすぐわきに置いてある三十八口径を取ろうとした。しかし、拳銃がない。そうだった、弾を抜いて、車や隠し金と一緒に収容所に置いてきてしまったのだ。次の瞬間、前の晩のことをはっきりと思い出した。待ち伏せ、教会、牧師、銃撃、爪で掻きむしられたような痛痒い顔の傷。そして、この女。いま戸を開けて閉めたこの女。寝間着か下着のような姿で、埃と血(これはオレの血なのか?)にまみれて立っているこの女。目を真っ赤にし、頬には涙の筋のある、この女。手には蜂蜜の小瓶と生姜を三つ、それにイエルバ・ブエナの枝を持っている。混ぜ合わせて、頬の傷に塗ってくれようとでもしているのだろうか。それにしてもこの女? いったい誰なのか?

名前を聞くのが怖かった。もし知り合いだったらどうしよう。たぶんずっと前の知り合いだろう、酔っぱらった夜に連れ帰った女の一人にちがいない。

女の方が先に質問してきたので、少しほっとする。神経衰弱か頭がおかしいように見えたが、話し方はしっかりしている。夢のなかで母親がよく連れて行ってくれた、小川のせせらぎのように穏やかな声だった。

「いったい何をされたの？」それが第一声だった。

まさにいちばん聞いてもらいたい質問だった。急に胸のつかえがおりて、男はすぐに答えた。

「これで自由になった。ついに逃れられた」

女のからだは疲れ果てていたが、精神はすっきりしているようだった。市場で買ってきたものを床におろし、一つひとつベッドのわきへ並べる。

いまの言葉の意味をいつか説明できる日が来ればいいと男は思った。いろんな意味でそれは真実だった。自分の人生から逃げ出せたのだ。もどるつもりも、もどりたくもない。

もっとずっと先になったら、本当のことを話そう。母親や父親のこと、レオガーヌや庭の話などと一緒に。

でも、どうしてこの先があると思ったのだろう？　どうして女がいますぐにでも、いや一時間後、あるいは明日、自分のもとを立ち去るとは思わなかったのか？　それは、女もまた何かいわくありげな様子だったからだ。泣いていたのはきっとそのせいだろう。男が聞きたくて仕方がなかった質問の答えが、その涙だったのかもしれない。どうしてあんな夜遅くに収容所のすぐ外にいたのか、いったい誰を待っていたというのか。

女が男を見捨てないことだけは明らかだった。男には女が心身ともに傷を癒してくれるにちがいないという確信があった。

13

その後のことは、女にとって自分の娘にも誰にも説明するのは不可能だろう。幼いときに海で失った弟が水の底で長く過ごしている間に海水と海藻を吸って大きくなった姿を、男と重ね合わせたわけではない。あるいは、他の亡霊の骨と魂を吸って大きくなった墓場からの生き返りだと思ったわけでもない。前の晩に逮捕されて連行された牧師である義理の兄を見つけるのを手伝ってくれると思っていたからでもなく、きれいだという自惚れを断ち切るために自らの顔に紙やすりをかけて水ぶくれにしたロゼ・ド・リマや、床を舌で磨いたという聖ヴェロニカ、または首を切り落とされた後にその首を教会の祭壇まで持って行ったという聖サロンガのように、奇跡を起こす殉教者ぶろうとしたからでもない。ましてや、誰か他人の弟がたまたま墓場から這い出てきたのに出くわしたからというのでもない。たぶん、そのどれでもなく、またすべてでもあったのだ。加えて、もう何年も尾を引いている弟への深い悲しみと終わりのないつぐないの気持ちもあったにちがいない。

数分後、医者の大家がやって来たので、男は顔を縫ってもらうために起き上がった。銀色の針が皮膚を出たり入ったりするのを女は横目で見ていた。まるで心から嫌う人間に対して行う拷問か何かのように見えたが、さほど痛がっている様子はなかった。縫っている間に顔をしかめたりたばこを吸いたがったりすると、怪物のような顔になると医者が脅したので、男はおとなしくしていた。

牧師だった兄が死んだことを初めて聞いたのがいつだったか、女には思い出せない。露店のラジオから流れていた朝のニュースかもしれない。または、大家の医者から聞いた「ベル・エア出身の牧師がデサリーヌ兵舎で自殺した」という噂からかもしれない。しかし、もうそのときには女のからだからは魂が抜け落ちていた、ちょうどいまのように。

夫の告白の後、娘がレイクランドから電話をよこして言った。「ママ、とうさんのことどれくらい愛してる?」彼女は台所のテーブルにすわって、パイを食べていた。いつかきっと聞かれるとは思っていたが、まさかこんなときにとは思ってもみなかった。夫のように、自分も娘と旅に出たい気分になった。女だけの二人旅、娘が途中で逃げ出せないクルーズ船の旅か何か。でも、いまは何千マイルも離れた場所で、互いに目を見て話すこともできないまま、説明しなければならないなんて。

「とうさんは何か言ったの?」答える代わりに、逆に聞き返す。

「ええ」と娘。父親がいなくなってパニックになっていたときの甲高い声とは違い、冷たく無味乾燥な声。その声の様子からすると、娘はすでに結論を出しているようだ。話を最後まで聞きもしないで。

半分食べ終わったパイからスプーンを抜き、残飯入れに投げ捨てる。その音に感づかれないように、受話器を指で軽くたたきながら舌打ちをしてごまかす。

「それだけ?」と娘。それ以上のことをすべて聞いてしまうことを恐れているようにも聞こえる。

夫とちがって、彼女には正直どう話していいかわからなかった。複雑な話を一つひとつ整理して、納得行くようどう話せばいいのか。娘にわかってもらいたいことは山ほどある。

「ずっと胸につかえていたことを、とうさんはおまえに話したんだよ」ひどく訛った英語でささやくように話しはじめる母親。でも、頭のなかは整理できていた。これは奇跡だった、悲しい内容ではあったけれども。娘の父親、つまりあの男に会った翌日、マットレスの下に隠してあったお金で彼女はパン・アメリカン航空のニューヨーク行きのチケットを二枚買った。以来、男は誰も殺していない。

ニューヨークの空港に迎えに来てくれた軍時代の旧友に妻だと紹介されたが、彼女は否定しなかった。一種の互助的な協力関係、あるいは共謀した友情のようなものだった。そして、それはいつしか愛情に変わっていった。そう、愛。でも、それは少女たちがいつかはと憧れ、溺れる類の恋愛ではなかった。もっと一所懸命で、それなくしては生きていけないという本物の愛だった。

最初の頃は話す言葉よりも沈黙の方が多かった。しかし、娘が生まれてからは話さねばならないことが増えた。娘が言葉を話せるようになると、雰囲気はがらりと変わった。娘はパントマイムの語り手のようだった。ふたりにとっての、かけがえのない天使《カー》だった。

娘の誕生以来、兄の話がたびたび出ることがあった。ほんのたまにではあったけれども。夫は自分の頬を傷つけた「最後の囚人」のことを話し、彼女は「兄は有名な牧師だった」と言った。でも、いつかそれが同じ人物の話だとわかる日が来るのを恐れて、お互いそれ以上語ろうとはしなかった。

夫は牧師が自殺したという世間のうわさは本当だと白《しら》を切った。自分はただ逮捕して別の担当者に引きわたしただけだ、と。しかし実際は、ふたりとも相手の話も、自分自身の話すら、信じてはいなかった。ふたりが会った夜以前のことをたずねようともしなかったし、死んだ兄について書かれた記事もけっして見ようとしなかった。いまの自分に向き合い、これからどんな自分になりたいのかに気を向けるので精いっぱいだった。

そんなつじつまの合わない話をぼそぼそと続けているうちに、娘がすでに電話を切っていることに気づいた。それか、台所を行ったり来たりしているうちに電話線が外れたのかもしれない。受話器の向こうからは「電話をお切りになって、もう一度おかけ直しください」という器械的な音声が聞こえてきた。

音声のあとの静寂を打ち消してくれる誰かがいまここにいてくれれば、と心から思った。この手の特殊な淋しさには慣れていなかった。自分が生きているのか死んでいるのか、誰も知らないという感覚。電話が切れる前に娘にはもっと優しくて愛情のある言葉をかけるべきだったと後悔した。たとえば、「あなたはわたしの大事な娘よ。愛してるわ」みたいに。それか、自分にはもう何年もずっと言い聞かせてきたけれども、いまではすっかり役立たずの「償いはいつでも誰にでも必ずできるもの」という決まり文句でも言えばよかった。いや、まったく関係のない逸話かおとぎ話、奇跡話か冗談ですらよかった。とにかく、話しつづけられさえすればよかったのだ。でも、電話はもう切れている。娘はもういない、意図的であったにせよ、なかったにせよ。受話器からは電話が切れていることを示す音がずっと響いている。

この恐怖から逃れる手立てはない。後悔と赦しの間《はざま》を、いつまでも振り子のように揺れつづけねばならない自分。人生でいちばん大事な存在がつらい目にあったり消え去ったりすることへの恐れ。彼女のからだに霊魂が降りてきて何か神秘的な呪文を発することがなくなってからもうずいぶんと長い時間が経つ。自分には何か長たらしい名前があることだけはわかっている。牧師であった兄が明け方の収容所の庭で炎に包まれて焼け死に、埋葬する遺体もその痕跡すらなかったというニュースがラジオで流れた日の朝を最後に、霊魂は彼女のからだを離れていった。永遠に。

謝意

まずは、幸いにもこの本には出てこない父に。次に、デュバリエ時代の調査に全面的に協力してくれた、この本の産みの親である、いとこのハンス・アドニスに。

同じく産みの苦しみにつき合い、支えてくれたローラ・フルスカ、チャールズ・ローウェル、ジャクリーン・ジョンソン、ブラッド・モロー、デボラ・トライズマン、アリス・クイン、レスリー・カジミール、ニコル・アラジ、ロビン・デサーにも。

「デュー・ブレーカー」のなかの「それほど恐ろしい暗夜はなかった」という一節は、グレアム・グリーンがハイチについて書いた小説『喜劇役者』から、「おまえは本物の警官、強靱な死刑執行人になる」とは、ジャック・ステフェン・アレクシスの『太陽の将軍、わが兄弟』から、それぞれ引用したものである。パトリック・ルモワンの迫力に満ちた回想録『フォート・ディマンシュ　死の地下牢』にも感謝の意を表する。そして、バーナード・デートリッヒとアル・バートによる素晴らしい著書『パパ・ドクとトントン・マクート』にも。

同じく、ゾラ、本当にありがとう。ようこそわが一族へ。ママのニック、ムイーズおじさん、もう会えなくてとても寂しい。いまは二人なしでやっているけど、また会えるとわかっているから。

そして、最後に――

あの問題

二本の木が一〇フィート離れて立っている。高い方は五〇フィートの高さで、影の長さは二〇フィート。低い方の影の長さは一五フィート。太陽の当たる角度が同じだとすれば、低い方の木の高さはどれだけか？

$$\frac{\text{大きい方の木の高さ（50）}}{\text{影の長さ（20）}} = \frac{\text{小さい方の木の高さ（x）}}{\text{影の長さ（15）}}$$

$$\frac{50}{20} = \frac{x}{15}$$

$$20x = 750$$

$$x = 37.5$$

小さい方の木の高さ（x）は、37.5 フィート。

問題および答えについては、ロナルド・カプロフ、ステッフィ・カプロフ、バーバラ・ハル著によるトンプソン／アルコ社の『GEDをマスターしよう』（2003年）から引用させていただいた。

訳者あとがき

ニューヨークといえば、マンハッタンはセントラルパークウエストにある自然史博物館。コロンビア大時代、週末になれば足しげく通ったこの空間でよく世界中を旅した気分になったものだ。とりわけエジプトのセクションは魅力的だった。人気がなくなるのを待っては石棺の横にたたずみ、神妙な気持ちになったのを覚えている。

単なる太古ロマンに魅了されていたわけではない。古代の「死」の扱い方に惹かれたのだ。石棺、ミイラ、ピラミッド、スフィンクス——古代エジプト人が気の遠くなるような時間とエネルギーをかけたこれらすべてが「死の世界」への入り口に思えたのだった。本書収載の短編「死者の書」

のなかにも同じような場面が出てくる。ブルックリン美術館を訪れるたびに、主人公の父親が娘に古代エジプト人の死者の弔い方がいかにすばらしいものであったかを話して聞かせるというものである。

マンハッタンとブルックリン、現実と小説、訳す側と訳される側の境界をまたいで、奇しくも共有されたエジプトの死者の世界。主人公の父親は言う、エジプト人は悲しみ方を知っていたがゆえにミイラ作りに何週間もかけ、おかげで遺体は何千年も残るのだ、と。ブルックリンの美術館で、そしてマンハッタンの博物館で、私たちはそれぞれ死への普遍的悲哀を古代エジプト人との間で共有したのである。

そんな悠久の歴史からすればほんの米粒ほどの時間に過ぎない六十数年前、デュバリエ独裁時代のハイチで幾度も繰り返された死。エジプト人とはちがって、冷酷非道な秘密警察デュー・ブレーカーたちに死の悲しみ方などわかるはずもなく、彼らの手にかかった人びとの魂は安らげないままいまだ彷徨《さまよ》っている。そう、弔いはまだ終わってはいないのである。

ここで恐ろしい仮定が頭をよぎる。

もしもデュー・ブレーカーが殺めた人間の妹が自分の母親だったら？

もしもそのデュー・ブレーカーが自分の父親だったら？　もしも、自分のこの身体のなかに殺した側と殺された側の両方の血が流れていたとしたら？

しかし、これはすべて本書の主人公の背負った宿命であり現実なのである。

ふと誰かが言った言葉を思い出す、「宿命は変えられないが運命は変えられる」。

果たして主人公は自分の運命を変えることができるのだろうか。だとすれば、どうやって？　父親はどうだろう？　自ら犯した罪を、最愛の娘という命を目の当たりにしてどう振り返り、清算するのか？　母親は？　そんな父親を本当に許せるのか？　そんな父親の血を引き継いだ娘への思いとは？

次々に湧き起こる数々のジレンマにいつ消えてなくなってもおかしくない主人公がむしろ力強く前向きなのは、それでも人は生きていかねばならないという命の重みゆえであろう。ハイチ生まれのニューヨーク移民という複眼的視点をもった著者だからこそ見えたこの命の重さ、被害者と同時に加害者としての苦しみ、そのはざまに立つ人びとの思い、そして深遠なる悟りにも似た寛容さによる赦し。エドウィージ・ダンティカの鋭く突き刺さるような究極の問いに、われわれ読者はどう答えればよいのだろうか。いや、その息苦しさを、時空を超えて味わわせること自体が、むしろこの本のいちばんのメッセージなのかもしれない。

なお、本書出版に当たっては編集者の片岡力氏には格別なお力添えを頂いた。また、五月書房新社の柴田理加子社長にも感謝の意を表したい。ありがとうございました。

最後に、ダンティカを訳す度、作品の中に登場する老父母に時にそのまま重なって見える米寿の父母、昭吾と佳枝にこの本を捧げる。

山本　伸

二〇一八年六月吉日

［著者］**エドウィージ・ダンティカ** *Edwidge Danticat*

ハイチ系アメリカ人作家。1969年ハイチのポルトープランス生まれ。経済的理由で両親が先にニューヨークに移住したために、幼少期は叔父母と過ごす。12歳のときにニューヨークにわたり両親と合流、以後ブルックリンのハイチ系コミュニティで育つ。母語はハイチクレオールであるが、文学作品はすべて英語で発表している。バーナード大学卒業、ブラウン大学大学院修了。修士論文をベースにして書いた『息吹、まなざし、記憶』がデビュー作。デュバリエ独裁政権による民衆弾圧、隣国ドミニカによる虐殺などのハイチの暗い社会的記憶を、声高にではなく静ひつで抒情的な筆致で描く作風が高く評価されている。『クリック？クラック！』で全米図書賞（アメリカン・ブックアワード）最終候補、『骨狩りのとき』で全米図書賞、『愛する者たちへ、別れのとき』で全米書評家協会賞を受賞。最近ではノーベル文学賞に次ぐといわれるノイシュタット国際文学賞（2018年度）を受賞している。

［訳者］**山本 伸** *Shin Yamamoto*

1962年和歌山県生まれ。四日市大学環境情報学部メディアコミュニケーション専攻教授。沖縄国際大学大学院非常勤講師。専門は英語圏カリブ文学。著書に『カリブ文学研究入門』（世界思想社）、『琉神マブヤーでーじ読本 ―ヒーローソフィカル沖縄文化論―』（三月社）。共編著書に『世界の黒人文学』（鷹書房弓プレス）、『バードイメージ ―鳥のアメリカ文学―』（金星堂）、『衣装が語るアメリカ文学』（同）、共著書に『土着と近代 ―グローカルの大洋を行く英語圏文学―』（音羽書房鶴見書店）、『20世紀アメリカ文学を学ぶ人のために』（世界思想社）、『英語文学とフォークロア ―歌、祭り、語り―』（南雲堂フェニックス）他多数。訳書にR･カーニー『20世紀の日本人』（五月書房）、E･ダンティカ『クリック？クラック！』（同／のちに五月書房新社で再版）、共訳書にV･S･ナイポール『中心の発見』（草思社）、M・バナール『黒いアテナ ―捏造されたギリシャ文明―』（新評論）他多数。また、研究者の他にFMラジオ人気番組のDJという顔ももつ。

デュー・ブレーカー

本体価格……二二〇〇円
発行日……二〇一八年　八月　一日　初版第一刷発行
著者……エドウィージ・ダンティカ
訳者……山本《やまもと》　伸《しん》
発行者……柴田理加子
発行所……株式会社　五月《ごがつ》書房新社
東京都港区西新橋二―八―一七
郵便番号　一〇五―〇〇〇三
電　話　〇三（六二二六八）八一六一
ＦＡＸ　〇三（六二〇五）四一〇七
ＵＲＬ　www.gssinc.jp
装幀……山田英春
挿画……千海《ちかい》博美
編集・ＤＴＰ…片岡　力
印刷／製本……株式会社　シナノパブリッシングプレス

ISBN: 978-4-909542-10-6 C0097

五月書房新社の本

クリック？クラック！

山本伸訳

エドウィージ・ダンティカ著

カリブ海を漂流する難民ボートの上で、屍体が流れゆく「虐殺の川」の岸辺で、ニューヨークのハイチ人コミュニティで……、女たちがつむぐ十個の「小さな物語」。それぞれ独立した物語が地下茎のように繋がって、一つの「大きな物語」を育んでいく。「クリック？（この話、聞きたい？）」「クラック！（聞かせて！）」――物語の始まりを告げる掛け合いの言葉とともに、現代の〈伝承〉が生まれ出るその瞬間に、われわれ読者は立ち会う。全米図書賞（アメリカン・ブックアワード）最終候補にノミネートされた、ダンティカの出世作。

四六判上製カバー装
２４８頁
二〇〇〇円＋税
ISBN978-4-909542-09-0 C0097

表示価格は本体価格（税抜）です。